Monsieur Faustini part en voyage

Éditions Verdier
11220 Lagrasse

Du même auteur

Adieu sans fin, Verdier, 2017

Wolfgang Hermann

Monsieur Faustini part en voyage

Roman

Traduit de l'allemand (Autriche) par
Olivier Le Lay

Collection « Der Doppelgänger »
VERDIER

Collection dirigée par Jean-Yves Masson

www.editions-verdier.fr

Titre original : *Herr Faustini verreist*

isbn : 978-2-37856-114-7

I

Lorsque le chat leva la tête et pointa le museau vers le soleil, ses yeux d'un jaune intense étincelèrent. Ses moustaches se mirent à vibrer comme si un courant électrique les parcourait. Il reposa la tête dans l'herbe, coinça sa queue entre ses pattes antérieures, se pourlécha de plaisir et se reprit à ronronner de plus belle. Son corps se soulevait et s'abaissait au rythme de son souffle, il gardait les yeux clos de longs moments et, à intervalles très espacés, laissait reparaître un court instant leur jaune fugace avant de les refermer aussitôt sur de grandes profondeurs. C'est au rythme de ces respirations que battaient les heures félines, un temps dont les vertus apaisantes s'étendaient au jardin tout entier et jusqu'à l'intérieur de la maison, où M. Faustini était justement occupé à préparer au matou sa pâtée du matin.

Depuis combien de temps l'aspirateur faisait-il entendre son hurlement, ce jour-là ? C'était un vacarme mis au service d'une bonne cause, si toutefois on pouvait qualifier de bonne cause le nettoyage de fond en comble de la maison. Mais à présent le hurlement s'était figé net, on aurait dit qu'il n'avançait plus d'un pouce. M. Faustini dressa l'oreille. Il appliqua son attention à guetter ce qui se tramait dans la pièce voisine où Maria, la femme de ménage, faisait usage de l'aspirateur. Tiens, voici que retentissait encore ce discret tintement de verre brisé. M. Faustini avait développé pour le détecter une finesse d'ouïe qui ne le cédait en rien à celle des chauves-souris. L'aspirateur fonctionnait à nouveau, mais tout s'était immobilisé. M. Faustini avait devant lui Maria : de l'autre côté de la cloison, elle n'esquissait plus un geste et posait sur l'objet réduit en miettes des yeux pétrifiés. Éprouvait-elle un semblant de mauvaise conscience? Ou n'y avait-il là rien que de très naturel à ses yeux? Jugeait-elle normal que le même bruit de verre brisé retentît à chacun de ses passages? Voilà désormais plusieurs mois qu'elle était entrée au service de M. Faustini. Et, chaque fois, immanquablement, elle brisait en menus morceaux quelque objet dans la maison. Il en fut ainsi d'un vase qui, relégué dans un coin depuis des éternités, avait vaillamment survécu à tout, jusqu'au jour où Maria s'en était approchée d'un peu trop près. Puis ce fut un tableau qu'elle épousseta de manière si peu orthodoxe qu'il se décrocha pendant la manœuvre et, en vertu de la loi de la chute des corps de Newton, tomba à terre où son verre se brisa. Il y eut encore ce petit angelot replet que Mme Gigele, la voisine de M. Faustini, lui avait offert pour Noël, et qui, fixé à l'extrémité d'une longue ficelle presque invisible qui pendait du plafond, paraissait suspendu entre ciel et terre, à mi-hauteur du mur, porté par la seule grâce de ses ors resplendissants et de son rayonnant sourire. À l'instant où le chérubin s'était fracassé sur le sol, un profond silence s'était fait dans la maison. Maria n'osait plus bouger. M. Faustini avait été frappé par ce soudain silence, et il ne lui avait pas été nécessaire de découvrir les débris jonchant le plancher pour comprendre ce qui s'était passé. Maria avait battu en retraite dans un canton reculé de la maison, feignant de n'avoir plus une minute à elle. M. Faustini tenait dans ses mains les morceaux épars de l'ange et il ne pensait à rien. Dans la paix revenue, il se demanda cependant ce qui l'empêchait de congédier sa femme de ménage. Ses yeux s'étaient de nouveau posés sur les restes de l'ange, et il avait compris alors que Maria venait de lui dispenser une leçon: elle lui apprenait à prendre congé des choses auxquelles il était le plus attaché. Elle lui enseignait qu'une force résidait dans cet abandon. Car ce n'est qu'en nous détachant des biens de ce monde – M. Faustini en avait acquis la conviction ce matin-là –, ce n'est qu'en nous détachant des biens de ce monde que nous jetons bas notre fardeau, et que de tout autres chemins s'ouvrent à nous. N'était-ce pas du reste ce qui l'avait si souvent tourmenté par le passé, dans ce pays où tout était soigneusement tiré au cordeau : on y croulait sous les biens de toute sorte, et l'âpreté à les conserver arrachait à ceux qui les possédaient de répugnantes grimaces. M. Faustini, ce matin-là, avait compris que Maria, la femme de ménage, accomplissait en réalité une plus noble mission, chaque fois qu'elle réduisait à néant un vase, un angelot, le cadre d'un tableau, et qu'elle n'était nullement à blâmer. N'affichait-elle pas d'ailleurs une mine toujours contrite, quand il finissait par la surprendre à côté du monticule de débris ? Elle bredouillait alors de confuses explications : l'objet avait échappé à sa vigilance, il était mal fixé, ou alors elle couvrait celui-ci d'injures, comme si, en se brisant en morceaux sous les effleurements de son plumeau, il venait de commettre quelque irréparable infamie. Non, M. Faustini, ce jour-là, avait pris la décision de ne pas donner ses huit jours à Maria. Il aurait eu la plus mauvaise grâce à le faire, maintenant qu'il venait de comprendre le véritable sens de son sacerdoce.

L'aspirateur tournait à vide, certainement pour laisser à Maria le temps de se recomposer une contenance. Bourrelée de remords comme elle devait l'être en cet instant, elle ne pouvait pas décemment paraître à la vue de M. Faustini. En outre elle semblait éprouver un penchant coupable pour le raffut de l'aspirateur, tandis que celui-ci empêchait catégoriquement M. Faustini de s'abandonner au fil de ses pensées. Il inclinait à voir dans ce remue-ménage une violente atteinte à son intimité, et comprenait très bien que le chat décampât au plus vite sitôt que l'aspirateur se mettait en marche. De temps à autre, M. Faustini lui-même préférait quitter la maison pendant que Maria manœuvrait l'aspirateur dans les pièces (en l'espèce, il serait plus juste d'écrire que c'est l'appareil qui avait la haute main sur les opérations), ne serait-ce que pour n'être pas contraint d'entendre une fois encore un objet se briser. D'un autre côté, M. Faustini craignait que Maria, s'il avait la faiblesse de la laisser seule, ne pût commettre d'irréparables dégâts. S'il nous fallait certes prendre congé des choses auxquelles nous étions attachés, il convenait de procéder graduellement. Étape par étape. On ne pouvait exiger de lui qu'il se séparât de tout en une seule fois. Même si l'échéance paraissait inéluctable. Et, pour le préparer à ce jour prochain, Maria était au fond la personne idéale. À présent le silence s'était fait dans la pièce voisine. M. Faustini s'efforça de ne pas dresser l'oreille, mais c'était peine perdue, elle se dressait toute seule, s'ingéniait à épier ce qui se passait de l'autre côté de la cloison. Rien. Maria était-elle occupée à ramasser les débris? Il aurait entendu un petit bruit de verre brisé. On aurait dit qu'elle ne bougeait plus du tout. Que pouvait-elle bien faire? M. Faustini ne s'était pas imaginé les choses autrement le jour où il avait décidé d'embaucher une femme de ménage: en un rien de temps, on devenait l'esclave de celle-ci, on mettait tout en œuvre pour ne pas passer à ses yeux pour un fat doublé d'un vil exploiteur, mais tout au contraire pour une personne simple et recelant à l'égard d'autrui des trésors de compréhension. Et si, comme par le passé, il avait été retenu à son bureau pendant que Maria procédait à un grand nettoyage de la maison, il aurait sans doute passé le plus clair de son temps à se demander si tout allait bien, si elle n'avait pas oublié de fermer les robinets de la salle de bains, de verrouiller la porte d'entrée, de remplir d'eau fraîche la coupelle du chat. Non, s'absenter n'était pas non plus une solution. Ses pensées l'auraient inlassablement ramené de toute façon à l'industrieuse Maria, et il aurait vu un déluge ravager sa chambre à coucher, son fauteuil à oreilles disparaître sous les flots, le chat poussant des miaulements de détresse, enfermé dans les cabinets.

Le timbre de la sonnette. Qui cela pouvait-il bien être? M. Faustini alla ouvrir. Un monsieur au visage rouge et au nez plus rouge encore lui faisait face. Il était hors d'haleine. Nous collectons des signatures, postillonna-t-il. M. Faustini jeta un regard autour de lui. Il n'y avait là, appuyée contre le mur, qu'une bicyclette, mais elle devait avoir fait un si long bout de chemin en compagnie de son propriétaire que celui-ci était porté à voir en elle un être doué d'une personnalité propre. Nous collectons des signatures, reprit l'homme tout en rajustant ses lunettes sur son nez. Il fixa M. Faustini de ses yeux perçants. Figurez-vous qu'ils ont l'intention d'implanter une usine à boucan dans les environs, poursuivit l'homme à la face enluminée. Une discothèque, un dancing, enfin appelez ça comme vous voudrez. Il est hors de question que nous tolérions cela chez nous. Ça fait un raffut de tous les diables et ça draine au surplus toute la vermine du canton. De la vermine ? M. Faustini fut contraint à un effort de réflexion. Il ne voyait pas en quoi le vacarme d'un établissement de nuit était susceptible de rameuter une quelconque vermine au village. Mais si, allons, vous savez bien, ce genre de fléau attire toute la lie de la société.

J'ai peur de ne pas avoir de temps à consacrer à votre vermine, observa M. Faustini. C'est que nous connaissons un problème domestique dû à l'aspirateur. En outre, ne croyez-vous pas que vous devriez vous montrer plus circonspect dans le choix de votre vocabulaire ? Repassez donc à l'occasion, une fois que vous aurez tourné et retourné le problème dans votre tête. Tel que vous me voyez, je m'applique à apprendre les vertus du détachement. Aussi, je crains hélas ne pas pouvoir rendre mon esprit disponible pour des expressions telles que celles dont vous usez. Je ne doute pas un instant que vous me comprendrez.

D'un mouvement de tête, l'homme au visage pourpre décrivit un rectangle dans l'air, puis il baissa les yeux et, sans même lui adresser un salut, enfourcha sa bicyclette et s'en fut.

M. Faustini se rendit dans le vestibule, attrapa son veston sur le porte-manteau et se glissa hors de chez lui à pas étouffés. Il ne tenait pas à être confronté au visage perplexe de Maria, car il était lui-même désemparé.

2

M. Faustini, redressant la tête, laissa courir son regard le long de l'imposante façade qui se dressait devant lui. La banque avait entrepris des travaux d'agrandissement, elle débordait de toutes parts. Son ventre accusait une prospère rondeur, imputable entre autres choses aux sommes dont M. Faustini l'avait généreusement engraissée pendant de longues années, en remboursement de son crédit. Au fond, songeait-il, j'ai contribué moi aussi à l'érection de ce bâtiment adventice, en versant à la banque des intérêts si colossaux que plus personne ne voudrait le croire aujourd'hui. Mais enfin j'ai payé la dernière traite de mon prêt, l'heure de la retraite a sonné, me voilà entièrement maître de mon temps, médita-t-il. Pourquoi diable faudrait-il que j'en veuille à ma banque ? Et à qui pourrais-je en vouloir là-bas, d'ailleurs ? À ce bon M. Hämmerle, peut-être, qui s'est occupé des documents relatifs à mon emprunt ? M. Hämmerle n'est plus de ce monde, son cœur a flanché, sans doute son emploi à la banque l'avait-il soumis à trop rude épreuve. Ou devrais-je nourrir quelque rancune à l'égard de Mme Nussbaumer, qui est la gentillesse même, et prenait toujours le temps de m'offrir une tasse de café, même pour la plus insignifiante des signatures ? Mme Nussbaumer a su me donner l'impression que je n'étais pas n'importe qui, et je lui en suis reconnaissant. Et s'il lui a fallu revoir à la hausse le taux d'intérêt de mon emprunt, c'est qu'elle n'avait pas le choix. Non, M. Faustini n'éprouvait de rancœur envers personne, et c'est avec impassibilité qu'il contemplait le nouveau bâtiment.

Il régnait à l'intérieur de la banque un silence religieux. Les matériaux utilisés pour la bâtir témoignaient de portefeuilles bien garnis, et l'amabilité, la prévenance dont faisaient preuve à son égard les préposés et les préposées aux guichets comblaient d'aise M. Faustini. Il n'y avait rien d'étonnant à ce que plus personne ou presque ne fréquentât les églises. Quiconque prenait soin de sa personne se rendait de nos jours à la banque. Rien n'était plus chaleureux et doux que de voir l'argent croître et se multiplier sous vos yeux. Vos fonds prospéraient ici en chambre close, sans odeur et proprement. L'argent représentait puissance et concentration. M. Faustini n'aurait pas su dire précisément ce qu'il était venu chercher à la banque. Mais il s'y sentait bien. Coupablement bien, à la vérité. Car toute personne qui franchissait les portes de la banque faisait figure de coupable. Elle était susceptible de ne plus être en mesure de payer les traites du crédit en cours. Susceptible de faire partie du jour au lendemain de ceux à qui l'on interdirait tout net d'ouvrir un compte en banque. La banque elle-même n'était d'ailleurs pas au-dessus de tout soupçon. N'ambitionnait-elle pas en effet, derrière une obligeance et une affabilité de pure façade, de s'assurer la mainmise sur ses clients? N'était-il pas merveilleux d'être écouté et pris au sérieux par une jeune femme coquettement vêtue et, devant une tasse de café, de l'écouter vous prodiguer courtoisement ses conseils en matière de placement, de développement des actifs, d'assurance en cas de vie ou de décès? M. Faustini n'arrivait pas à se défaire du soupçon que la banque, derrière son orgueilleuse et rutilante façade, déployait des filets destinés à retenir captif chacun d'entre nous, exactement à la place qui lui avait été assignée. Au vu des innombrables documents au bas desquels nous avions apposé notre paraphe, toute issue nous était barrée. Certes, les transactions financières modernes avaient aussi leurs bons côtés, et l'argent, pour peu qu'on en eût à suffisance, représentait un grand surcroît de liberté. Mais qu'en était-il d'une liberté acquise au prix de tant d'angoisses et de tremblements?

Que puis-je faire pour vous? lui demanda une voix féminine dont la sonorité n'était pas sans agrément. M. Faustini ne rapporta pas aussitôt la question à sa personne: il était encore prisonnier des filets de la banque et s'y débattait fébrilement. La femme au timbre de voix moelleux réitéra sa question. M. Faustini leva alors les yeux vers Mme Nussbaumer, qui lui adressait un sourire engageant. Elle lui tendit sa main délicate qu'il eut grand plaisir à presser entre ses doigts. Puis elle poussa l'obligeance jusqu'à lui demander comment il se portait. Très bien, merci, répondit M. Faustini d'une voix embarrassée. Ce contact humain le prenait au dépourvu. Devait-il avouer à Mme Nussbaumer qu'il n'était allé à la banque qu'à seule fin de se remettre de ses mésaventures avec Maria et l'aspirateur ? Mme Nussbaumer saurait de toute évidence se montrer compréhensive. Ici, au village, les personnes d'un certain âge avaient coutume de se rendre à la banque pour consulter leurs documents personnels. Elles s'y rendaient en somme parce que les autres anciens du bourg n'agissaient pas autrement, et qu'elle leur était devenue un point de ralliement. En outre, rien n'était plus réjouissant que d'entendre son argent pousser, derrière la rumeur solennelle et confuse des conversations. Telles étaient les raisons pour lesquelles les affaires de la banque étaient aujourd'hui si florissantes qu'elle avait entrepris des travaux d'agrandissement. En raison de la forte affluence dans la salle des guichets, on y était cependant un peu à l'étroit. Certes, les clients disparaissaient l'un après l'autre dans de petites cabines individuelles où quelque conseiller les attendait pour un entretien. Mais le flot des visiteurs ne tarissait pas, et, certains matins, on aurait juré qu'ils venaient profiter ici des largesses d'une œuvre de bienfaisance.

M. Faustini sortit son portefeuille de son veston et en retira un billet de cent euros. Auriez-vous la bonté de me changer cette somme ? demanda-t-il. Il se sentit honteux de n'avoir pas su trouver un prétexte plus convaincant. Mme Nussbaumer le conduisit poliment au guichet, donna des instructions à sa jeune collègue, prit congé de lui d'une franche poignée de main. M. Faustini voulut lui glisser quelques mots encore, il ne sentit derrière la paroi de son crâne qu'un vide brumeux, ses lèvres s'entrouvrirent, il eut un instant d'hésitation, remercia enfin Mme Nussbaumer de quelques mots courtois. Puis il empocha les petites coupures et quitta la banque en filant droit vers la sortie.

Une fois dehors, il s'aperçut qu'il n'avait pas encore goûté, ce jour-là, à l'apaisement profond que procurait un trajet en autocar. De l'autre côté de la route, celui de Bregenz venait justement à passer, il adressa un signe de la main au chauffeur, traversa la rue, monta à bord. Le car brinquebalant tourna l'angle de l'avenue avec lenteur et sans faire de bruit, M. Faustini se laissa ballotter au gré des cahots de la route jusqu'à l'instant où le lac aux eaux d'un bleu profond émergea à sa vue.

3

Est-il possible que l'hydrophobie se détecte à l'œil nu ? M. Faustini s'était installé au bord du lac et rien ne tranchait sur l'ordinaire. Il se tenait à quelque distance de deux jeunes mères flanquées de leurs enfants en bas âge, qui, munis l'un et l'autre d'une pelle en plastique, s'appliquaient à retourner le sol caillouteux de la rive. M. Faustini n'était pas à proprement parler un homme farouche. Mais il ne mettait rien au-dessus de sa tranquillité et aimait à jouir en paix de la vue sur le lac. À côté du monsieur d'un certain âge qui, vêtu d'un slip de bain réduit à sa plus simple expression, la peau roussie par le soleil, s'était assis sur sa serviette à moins d'une vingtaine de pas de lui, M. Faustini se démarquait assurément. Il offrait par la pâleur de son épiderme un frappant contraste avec son voisin, et, comparé à celui-ci, ne donnait peut-être pas précisément l'impression d'être un sportif accompli. Prendre des bains de soleil n'entrait pas dans ses habitudes, voilà tout, et l'on pouvait compter sur les doigts d'une main les rares jours de l'année où il se décidait à piquer une tête dans le lac. Il fallait en tout cas que quelque chose le désignât à la vue. Car voici qu'une dame entre deux âges, au teint hâlé, vêtue d'un caleçon d'homme et d'un débardeur, s'avançait désormais vers la rive et, fléchissant l'échine, se lavait les mains dans l'eau du lac. Elle jeta un regard à M. Faustini et lui asséna : Vous êtes sujet à l'hydrophobie, n'est-ce pas ? M. Faustini dut afficher une mine quelque peu interloquée, car elle poursuivit aussitôt : Mais oui, bien entendu, vous l'êtes. Il y a des indices qui ne trompent pas, vous savez. Je reconnais sans peine les hydrophobes. Dites voir, vous ne seriez pas écrivain, des fois ? Figurez-vous que j'ai été employée autrefois dans une maison de repos pour gens de lettres. En bordure du lac, on y avait pour ainsi dire les pieds dans l'eau. Croyez-vous qu'un seul d'entre eux serait allé se baigner ? Tous les jours que Dieu faisait, on les voyait faire un tour complet du lac, un livre sous le bras. Huit kilomètres au bas mot, me direz-vous. Là-dessus ils allaient s'asseoir dans un coin ombragé et s'adonnaient à la lecture. Des heures durant, sans piper mot, imperturbables. C'est peu dire qu'on s'ennuyait à cent sous de l'heure en leur compagnie. Avec ça, des cachets d'aspirine. Tous plus livides les uns que les autres. Non, qu'on ne vienne plus me parler des écrivains, j'en ai soupé. Ce sont des raseurs. Quant aux idées dont ils émaillent leurs livres, ils se les chipent mutuellement. C'est pour ça qu'ils ne peuvent pas se sentir. Chacun d'eux est fier comme l'empereur de Chine et plein de lui-même à en éclater. En même temps, ils avaient tous ceci en commun qu'ils éprouvaient une sainte horreur de l'eau. Il me semble que c'était assez pour leur fournir un sujet de conversation. Alors non, vraiment, vous n'êtes pas écrivain ? insista la dame en caleçon d'homme. Je dis cela rapport à votre pâleur, ça aurait pu coller. Et je ne me souviens pas de vous avoir jamais vu dans l'eau. C'est que ce n'est pas la première fois que je vous aperçois par ici, assis au bord du lac, les yeux perdus dans le lointain. Il est vrai que vous n'avez pas de livre en main, ce qui tendrait à prouver une fois encore que vous n'êtes pas écrivain. Mais il doit bien se trouver des écrivains qui n'ouvrent jamais un livre. Peut-être ne condescendent-ils pas à lire les ouvrages qu'un autre a écrits. Plus je vous regarde, moins vous me faites cependant l'effet d'être un homme infatué. Qu'importe : vous êtes certain que vous ne seriez pas quand même un tout petit peu écrivain ?

M. Faustini s'apprêtait à répondre. Mais déjà la dame avait ôté son caleçon d'homme et son débardeur et, dévoilant fièrement à sa vue un corps sculpté par l'exercice physique et qu'enveloppait un costume de bain, plongea la tête la première dans les eaux du lac. Après une brève immersion, son visage reparut à quelques mètres de là, et elle poursuivit son discours, sa voix se faisant toutefois plus faible à mesure qu'elle s'éloignait de la rive. Ainsi donc, marmonna-t-il en lui-même, rien ne serait plus simple que de devenir écrivain ? Suffirait-il pour cela de consacrer plus de temps à contempler le lac qu'à s'y baigner ? Je ne connais pas ces messieurs et ces dames qui font métier d'écrire, mais pour autant que je sache ce sont des personnes dignes de la plus haute estime, car après tout elles s'évertuent à dessiner les contours d'un monde différent. Ce n'est pas à la portée du premier venu. Je serais incapable d'écrire ne serait-ce qu'un mot à ce sujet. Je ne vois d'ailleurs pas comment il me viendrait à l'esprit d'écrire quoi que ce soit sur un quelconque sujet. N'est-il pas juste de laisser à chaque chose l'espace et la durée qui lui sont strictement nécessaires ? Or, en couchant des mots sur le papier, voici que nous amplifions cet espace et bien souvent prolongeons cette durée. Si nous avions la sagesse de poser la plume, ce qui n'a pas encore fait l'objet d'une description n'existerait que dans l'instant présent, et celui-ci serait vite passé. Il me semble que nous ne nous en porterions pas plus mal. Mais, par nos paroles, par nos écrits, nous avons pris en quelque sorte l'habitude de gloser le monde. Toutes les semaines, c'est par tombereaux entiers qu'on vide les poubelles où s'entasse cette encombrante paperasse. Ne serait-il pas préférable de nous montrer plus économes ? Il incombe aux hommes et aux femmes de lettres une lourde tâche, car ils doivent faire pièce à ce déferlement de mots, et ne retenir que ce qui laisse éclore une sorte d'univers. Un livre ne doit pas ajouter à l'opacité du monde, mais lui apporter tout au contraire un surcroît de lumière et de clarté. Il me semble que ce n'est pas une mince affaire. Quiconque possède ce don n'écrira pas pour la corbeille à papier. Ce n'est pas à la portée d'un homme comme moi. Et j'éprouve du respect pour tous ceux qui écrivent de telle sorte que le monde redevienne visible sous l'inutile rebut des mots.

M. Faustini regarda la nageuse s'éloigner vers le large, sur quoi il se leva, s'éclipsa discrètement, porta ses pas vers la ville. Il jugeait qu'il avait bien mérité de savourer une crème glacée.

À la maison, les débris de verre tintaient encore dans la poubelle au-dessus de laquelle Maria demeura penchée de longs moments, comme si l'irréparable n'avait pas été déjà commis. Le matou gardait ses distances, usant de prudents détours. M. Faustini se représentait la scène comme s'il y était.

4

À peine M. Faustini eut-il ouvert les paupières qu'il fut saisi d'une certitude : il s'apprêtait à connaître une fichue journée. Par des journées comme celle-là, le cours du temps était suspendu, l'existence faisait du surplace, tout se ratatinait à folle allure pour ne plus former qu'un atroce petit bloc d'ennui. Et il aurait donc fallu que la vie de M. Faustini tout entière se réduisît à celui-ci ? Tout cela parce qu'une épaisse couverture nuageuse pesait sur sa maison comme une chape de plomb ? M. Faustini sentait que les commissures de ses lèvres s'infléchissaient peu à peu vers le bas, et il lui semblait que ses lobes d'oreilles eux-mêmes pendaient plus bas qu'à l'ordinaire (mais ne racontait-on pas que Siddhārtha Gautama, alias le Bouddha, avait vu ses oreilles s'allonger démesurément à mesure qu'il s'acheminait vers l'illumination ?). Au moins ses yeux étaient-ils désormais ouverts, et ses paupières ne faisaient-elles pas relâche. Nonobstant cette première victoire : il faut que je prenne les choses en main, songeait à part soi M. Faustini. Je ne suis pas une lavette, nom de nom, s'enhardit-il, sur quoi il se dressa sur son séant dans son lit, le buste roide comme un cierge, je ne me résume tout de même pas à ça, dit-il en désignant du doigt l'atroce petit bloc d'ennui qui reposait, invisible, au pied de son lit. Ce serait bien le diable si… Il s'arrêta net, incapable de continuer. Il sentit se développer une fois encore dans sa bouche un morne et métallique arrière-goût de tristesse, et chacun des mots qu'il avait polis dans son esprit un instant plus tôt expira sur ses lèvres. Il était inutile de se perdre en discours, M. Faustini en avait conscience. Là où la parole avait échoué, seule l'action était de mise. Mais par une fichue journée comme celle-là, c'était il est vrai beaucoup demander. Beaucoup demander ? Voilà des lustres que plus personne ne lui demandait quoi que ce soit. M. Faustini ne travaillait plus désormais, il n'était plus contraint de se rendre chaque jour au bureau, Dieu merci. Ou plutôt hélas, par une journée comme celle-ci ? Au bureau, M. Hammerer serait au moins passé en coup de vent pour lui raconter une de ces plaisanteries dont il avait le secret, et auxquelles M. Faustini se faisait un devoir de rire pour lui complaire. La plupart du temps, les traits d'esprit de M. Hammerer suscitaient de toute façon au premier chef l'hilarité de M. Hammerer lui-même, au point que les bourrelets qui lui plissaient le ventre en dansaient la gigue sous vos yeux.

Plus personne n'étant là pour exiger de lui quoi que ce fût, M. Faustini s'intima l'ordre de se vêtir sans plus attendre et de sortir faire un tour. Il passa sa chemise, enfila son pantalon, laça ses souliers, prépara sa pâtée au chat, qui demeurait invisible. Il marcha jusqu'à l'arrêt d'autobus et patienta. Le bus arriva à l'heure, M. Faustini sortit sa carte d'abonnement, le chauffeur acquiesça d'un hochement de tête, M. Faustini alla s'asseoir près de la vitre et assista avec une placidité sereine au défilé des arbres et des maisons. Lorsque l'autobus tourna le coin de l'avenue et que le lac déroula devant lui ses nappes d'un gris mat, il en reçut, en dépit de la certitude qu'il s'agissait d'une fichue journée, un peu de baume au cœur. Il prit une profonde respiration et chuchota en lui-même : Ça ne se passera pas comme ça. Je ne baisserai pas pavillon avant d'avoir livré bataille (il s'en fallut de peu qu'il n'élevât la voix). Je ne suis pas de ceux qui s'avouent vaincus d'avance (il se retint de ne pas bondir de son siège). À compter de ce jour, ma vie sera une aventure, une succession de petites aventures de rien du tout. Et, si infimes, si dérisoires qu'elles puissent être, au moins ce seront mes aventures à moi. Telle fut la résolution que M. Faustini prit ce matin-là, dans l'autobus qui le menait de Hörbranz à Bregenz.

À l'instant où il en descendit, il constata avec surprise qu'un changement s'était opéré. La gare n'était pas moins laide qu'à l'ordinaire, mais lui, M. Faustini, n'était plus le même homme.

Il se sentait le cœur bien plus léger, quoique ce fût une fichue journée. Quelque chose en lui venait de s'éveiller à la vie, et pour un peu il se serait jeté au cou de la première personne venue – cette vieille dame, tenez, là-bas, avec son sac à main – pour lui raconter que tout avait pris désormais un cours différent pour lui. Mais il laissa passer la dame âgée, et c'est en silence qu'il reprit le chemin de la ville. Un projet, mon empire pour un projet, murmura-t-il à part soi, et, haussant la voix d'une demi-octave : Mon empire pour un projet ! Instantanément, il s'assura d'un bref regard oblique qu'aucun passant ne l'avait entendu. Personne. Mais nourrir des projets, n'était-ce pas prendre le contre-pied d'une vie d'aventurier ? Aussi, foin des projets et advienne que pourra ! Non, M. Faustini était décidément un homme trop prudent pour cela. Un petit projet, marmonna-t-il dans sa barbe, un tout petit projet, voilà ce qu'il me faut, c'est entendu. Quitte à ce que tout doive changer, ne laissons rien au hasard, et procédons avec méthode. Et tandis qu'il cheminait ainsi vers le centre-ville, avec nonchalance et lenteur, croisant ici et là des employés de bureau qui marchaient d'un pas empressé – il était difficile de ne pas se laisser entraîner à hâter soi-même l'allure et de conserver ce pas serein et buissonnier, car après tout M. Faustini avait très longtemps adopté la démarche rapide des employés de bureau –, tandis qu'il cheminait ainsi avec lenteur, donc, et que rien ne parvenait à le détourner de sa flânerie, il lui revint à l'esprit que toute ère nouvelle devait être dûment scellée par une visite chez le coiffeur. Car les bienfaits d'une telle visite excédaient de beaucoup ceux d'une simple coupe de cheveux.

Le salon de coiffure était d'un rose pimpant et les mots *Septième ciel* s'étalaient au-dessus de la porte d'entrée. M. Faustini poussa le battant de celle-ci, faisant tinter un petit carillon. Une jeune femme posa sur lui de grands yeux rieurs et lui désigna d'un geste le fauteuil de barbier, où M. Faustini s'installa comme si c'était là la place qu'il occupait de toute éternité. La jeune femme lui annonça qu'elle se prénommait Nicole, et il s'en fallut d'un rien que M. Faustini ne se relevât de son siège pour lui présenter ses civilités. Mais il se contenta d'entrouvrir les lèvres et lâcha: Faustini, enchanté. Nicole l'entraîna vers le bac à shampoing, et fit ruisseler à torrents sur sa tête une eau brûlante qui lui parut receler une sagesse profonde dont chaque centimètre de son crâne eût été pénétré. Mais, une fois de plus, M. Faustini avait l'esprit trop lent, trop assoupi pour la comprendre. Laissons-nous faire, songea-t-il en son for intérieur, Nicole nous lave les cheveux, ne cherchons pas plus loin. Comment M. Faustini aurait-il pu savoir que les mains de Nicole n'étaient pas de banales mains occupées à lui masser le cuir chevelu, mais des mains de magicienne qui faisaient de chaque parcelle de son crâne une source d'inépuisables jouissances ? En cet instant, M. Faustini se résumait tout entier à une tignasse que Nicole lavait à grande eau, à un cuir chevelu que ses mains expertes pétrissaient. De très loin, il entendit la voix de la jeune femme moduler une question : Est-ce que vous vous sentez mieux ? Il garda le silence et hocha la tête avec mollesse, comme si elle était enveloppée dans une gangue de coton. Il aurait voulu que cela ne s'arrêtât jamais. Il fallait bien pourtant que le massage du cuir chevelu prît fin tôt ou tard, M. Faustini le savait, mais il préférait occulter cette certitude aussi longtemps que possible, la reléguant tout au fond de sa conscience dans un cagibi obscur et poussiéreux. Les mains ensorceleuses se détachèrent alors de sa tête, et, orphelin de celles-ci, il ressentit instantanément à ses tempes toute la fraîcheur de l'air ambiant. Mais déjà Nicole, à gestes précautionneux, lui enveloppait le crâne d'une serviette, avant de le bouchonner avec douceur. Face au miroir, ses mains sorcières accomplirent alors des mouvements sans doute destinés à couper, modeler, peigner sa chevelure. M. Faustini assistait à tout cela de très loin, encore en proie à une extase dont les effets ne se dissipaient pas. Il branla la tête avec gratitude et soumission, et Nicole se remit à l'œuvre. C'est avec une curiosité amusée que M. Faustini observait la silhouette masculine qui lui apparaissait dans le miroir, sans la mettre un instant en rapport avec lui-même. Nicole façonnait entre ses doigts l'homme du miroir, elle le malaxait, le considérait sous tous les angles. Enfin elle se saisit d'un miroir à main et le plaça derrière la tête de son modèle, et M. Faustini constata à cette occasion qu'il s'agissait de sa propre tête. Alors, cela vous plaît ? lui demanda Nicole, tout en lui adressant de ses grands yeux splendides le plus pénétrant des regards. Comment n'aurait-il pas éprouvé de la gratitude à son égard ? Après tout, ce n'était pas tous les jours qu'un homme comme M. Faustini se faisait bichonner par une femme jeune et attirante, qui allait de surcroît au-devant de tous ses désirs. Oui, il était pleinement satisfait du travail que Nicole venait d'accomplir. Contemplant dans le miroir la tête de cet homme qui n'était autre que lui-même, il voyait se matérialiser ce travail avec netteté, à la faveur des vides subsistant aux endroits où ses cheveux se dressaient encore un peu plus tôt. À l'ancienne coiffure s'était substituée une absence de coiffure qui la laissait deviner encore, par rémanence en quelque sorte. Dans le miroir, M. Faustini voyait se dessiner à traits vifs cette image rémanente. Sans aucun doute, la nouvelle coiffure était plus flatteuse, ne serait-ce que parce qu'elle représentait l'éclatant aboutissement d'un travail que la ravissante Nicole avait effectué sur son crâne à lui, à l'exclusion de tout autre. D'ordinaire, M. Faustini ne prenait pas un soin aussi scrupuleux de son apparence. C'est par simple caprice qu'il avait poussé la porte du salon de coiffure *Septième ciel*. Une journée comme celle-ci n'allait être du reste qu'une succession de caprices. La coupe de cheveux était une merveille, car elle raviverait longtemps encore en lui le souvenir des mains enchanteresses de Nicole. Quant à l'image rémanente de l'ancienne coiffure, elle ne tarderait pas tout au contraire à disparaître.

Une fois sorti, M. Faustini alla se camper devant les vitrines de plusieurs boutiques et, au milieu des dernières nouveautés en matière d'aspirateurs et de cafetières électriques, contempla son visage qu'encadraient encore les boucles fantômes. Il avait un peu froid au niveau des oreilles, et il lui fallut convoquer le souvenir des mains de Nicole pour être pleinement satisfait de sa coiffure. Dans la vitrine, il avait placé son visage exactement dans l'axe d'un rutilant faitout en inox, lorsqu'une sorte de grand ballot de linge rouge-rose vint à passer dans son champ de vision.

M. Faustini pivota sur lui-même et s'aperçut alors que l'imposant paquet avançait sur deux jambes. Il distingua à l'extrémité de celles-ci un tronc que surmontait la tête d'un jeune homme. Les linges l'emmaillotaient tout entière à la manière d'un cocon. M. Faustini, l'humeur allègre, mis en train par la petite halte au salon de coiffure, s'approcha du jeune homme et lui demanda sur le plus urbain des tons ce qu'elle transportait là. Le garçon pointa la tête hors du ballot rosâtre comme une tortue émerge de sa carapace et, la mine rayonnante, répondit qu'il s'agissait d'un parachute. Un parachute, tiens donc, observa M. Faustini. Et, par souci de vérité, il jugea bon d'ajouter qu'il avait souvent éprouvé le désir, en ses jeunes années, d'effectuer lui-même un saut en parachute. À peine eut-il prononcé ces mots qu'il sentit poindre en lui une hardiesse soudaine, l'envie le prit de faire la bouche en cul-de-poule, mais il sut ramener à temps ses lèvres à la raison. Le jeune homme répliqua que rien n'était plus simple : il lui suffirait de passer un coup de fil au club de parachutisme, n'importe quand, et de demander Michael – son serviteur ici présent –, lequel se ferait une joie d'organiser pour lui un saut en tandem. Parlez-vous sérieusement ? s'exclama M. Faustini. Ainsi vous seriez partant pour… Le sang lui monta brusquement à la tête. Ce n'était pas tant qu'il se voyait déjà sautant en chute libre, fusant droit vers la terre ferme comme un projectile lancé à fond de train, mais on aurait dit qu'en cette journée les gens engageaient la conversation avec lui le plus naturellement du monde. Oui, ses paroles, ce jour-là, par exception, semblaient trouver en chacun une oreille attentive, et elles étaient immédiatement prises au sérieux. Ne serait-ce pas une sensation grisante que de procéder à un saut en tandem avec ce charmant jeune homme, et de se précipiter dans le vide à cinq mille mètres d'altitude, avec au-dessus de sa tête la toile de parachute rouge-rose, et sous ses pieds, tout en bas, le sol où il se recevrait avec la dernière rudesse ? M. Faustini remercia chaleureusement le jeune homme, il s'en serait voulu de le retenir davantage, sans doute avait-il mieux à faire que de perdre son temps en palabres avec lui, M. Faustini, mais enfin il le remerciait en tout cas de son offre et de la disponibilité dont il avait fait preuve, il ne pouvait pas s'imaginer ce que cette proposition représentait pour lui, non, il ne pouvait s'en faire aucune idée, et M. Faustini ne le remercierait du reste jamais assez. Quant au club de parachutisme, ma foi, l'offre était alléchante et il se laisserait assurément tenter, sur quoi il lui souhaita encore une excellente journée, d'autant qu'à ses yeux, voulut-il ajouter, il était un véritable héros, oui, un héros, mais le jeune homme lui avait déjà tourné le dos, aussi M. Faustini se contenta-t-il de murmurer ces mots entre ses dents, un héros, parfaitement, et il resta figé là au coin de la rue, léger comme une plume. Il fit volte-face et aperçut alors un homme à la silhouette longiligne et grêle qui, vêtu d'une combinaison bleu azur le moulant au plus juste, se tenait penché sur le guidon d'une bicyclette. Il avait la tête coiffée d'un objet qui entretenait une certaine ressemblance avec une ruche. Lorsque le cycliste passa à sa hauteur, les yeux de M. Faustini rencontrèrent un bref instant les siens, qu'il gardait cependant rivés sur un lointain inaccessible. L'athlète au corps décharné, campé sur son rapide engin dans une posture analogue à celle des sauterelles, filait tout droit vers un néant riche de mille promesses, et dont l'attrait était à soi seul si puissant qu'il justifiait tous les sacrifices. Les yeux du sportif émacié n'étaient qu'à demi ouverts, comme hallucinés, mais il ne s'y lisait aucune affliction. Cet homme, cogita M. Faustini, avait vraisemblablement atteint à un état de béatitude supérieur dont nous autres Béotiens étions exclus, et à ce titre nous étions bien à plaindre. Et tandis qu'il poursuivait sa route d'un pas musardeur, jetant machinalement un coup d'œil aux étiquettes des rasoirs mécaniques des modèles les plus récents, il lui apparut avec clarté que les êtres comme le jeune homme et le cycliste possédaient dans l'existence un passe-temps, et que ce devait être un excellent moyen de ne pas s'éveiller certains matins avec devant soi un atroce petit bloc d'ennui. Posséder un hobby, pensait M. Faustini, telle était peut-être la parade. Il se voyait déjà en costume de sauterelle, la tête coiffée d'une ruche et le derrière vissé sur la selle, fixant du regard un lointain paré de toutes les séductions. Il s'imaginait promenant sur le monde les yeux d'un héros, bondissant de la carlingue d'un avion, pourquoi pas à l'occasion d'un saut en tandem, avec un néophyte solidement accroché à son dos. Combien de perspectives s'ouvraient à lui, combien de possibilités de mener une tout autre existence ! Mais M. Faustini n'était pas précisément un novice sur le chapitre des choses de la vie. Eût-il fait l'acquisition d'une bicyclette qu'il ne s'en serait vraisemblablement pas servi plus de deux fois. Quant au parachute rose, il aurait disparu, sitôt le premier saut accompli, au fond de son armoire, remisé au rayon des incongruités. Non, il devait rester l'homme qu'il avait toujours été. Et puisque plus personne, de nos jours, n'avait le privilège de jouir en toute quiétude de ses heures d'oisiveté – car enfin qui disait temps libre disait loisirs, et qui disait loisirs disait enfourcher sa bicyclette, courir ventre à terre à la salle de remise en forme, partir à l'assaut des montagnes, s'ébattre dans les vagues jusqu'à un âge très avancé –, il fallait bien que quelqu'un prît sur soi de défendre le droit à l'oisiveté – et même, pourquoi pas, jugeait M. Faustini, le droit à l'ennui.

Bien que la petite ville de Bregenz se résumât à un réseau de quelques rues qui, toutes autant qu'elles étaient, ne menaient nulle part et vous reconduisaient immanquablement à votre point de départ, M. Faustini, en cet instant, le pas flâneur, y portait haut l'étendard d'une oisiveté élevée au rang d'art supérieur, et c'est la tête droite et l'allure altière qu'il allait, auréolé de sa nouvelle coiffure, par les rues étroites de la ville et progressait en direction de la gare. Car s'il est vrai que tous les chemins, dans le pays, menaient tôt ou tard le promeneur sur les rives du lac, il lui fallait traverser au cours de son trajet des voies ferrées dont les rails aboutissaient eux-mêmes tôt ou tard à quelque gare. Des incapables avaient eu la sotte idée de raser l'ancienne gare et d'ériger à la place un mastodonte d'un vert venimeux sur la façade duquel on avait été contraint de faire figurer tous les deux ou trois mètres le mot *gare*, sans quoi nul n'aurait deviné quel office pouvait remplir l'atroce épouvantail. C'est dans cette direction que M. Faustini porta donc ses pas, mécaniquement, presque sans son concours. Un petit voyage en train, songeait-il, voilà qui me semble maintenant tout indiqué. Il suffirait d'un trajet d'un quart d'heure pour qu'un complet changement de décor s'opérât et qu'il atteignît une autre ville de modeste importance, où il n'y aurait certes presque rien à voir, non plus du reste qu'à parcourir, mais après tout ce presque rien valait mieux que rien du tout. En outre, les voyages en train comptaient pour M. Faustini au nombre des grandes joies de l'existence.

Dans le hall de la gare se tenait un jeune gaillard au regard d'une frappante intensité, et dont la posture légèrement oblique semblait se placer en porte-à-faux avec tout le reste, qui était agencé dans la plupart des cas à l'horizontale ou à la verticale. Une lueur fébrile vacillait dans ses yeux, et, lorsqu'il fonça droit vers M. Faustini, celui-ci sentit passer sur lui les souffles de l'aventure. Ce n'est pas la première fois que je vous vois ici, l'arraisonna l'homme au maintien penché. Vous nous arrivez à bord du soixante-dix-huit, puis vous empruntez le train express régional à destination de Bludenz. Il vous arrive également de prendre l'autocar desservant Lustenau.

On doit à la vérité d'écrire que M. Faustini ne répugnait pas aux contacts humains. Mais cette approche manquait de réciprocité à son goût, et, pour ne rien arranger, son interlocuteur s'affranchissait avec la dernière grossièreté des règles de distance les plus élémentaires. Ma foi, en effet, si vous le dites, s'apprêta à répondre courtoisement M. Faustini en guise de préambule. Le jeune homme ne lui en laissa pas le temps. Avez-vous remarqué que de plus en plus de gens, ces derniers temps, font de la bicyclette sur le quai de la gare ? C'est pourtant rigoureusement interdit. J'en ai fait part à plusieurs reprises au chef de gare, mais il ne semble y porter qu'un mol intérêt. L'homme affecté à la surveillance du réseau n'est jamais là quand on a besoin de lui. C'est le premier point. Le second, c'est que la fréquence des trains circulant entre Lochau et Bregenz devrait être sensiblement augmentée. Il deviendrait ainsi possible de désengorger le trafic sur l'autoroute. En cas de fermeture temporaire du tunnel du Pfänder, je préconise l'établissement d'un service de navettes, au rythme d'un train roulant toutes les dix minutes. La voie ferrée n'a pas dit son dernier mot. Quiconque est resté bloqué pendant tout un été dans les embouteillages est à mes yeux mûr pour le rail. Il faut tirer profit de cette situation. Tout cela n'est qu'une question de coordination. Mais permettez que je me présente : j'officie comme conseiller *a.t.h.* en matière de circulation ferroviaire et routière. Sur ces mots, il produisit à la vue de M. Faustini un badge qu'il avait confectionné lui-même, et le lui tendit. *A.t.h.* signifie *À titre honorifique,* s'empressa-t-il d'ajouter. Pour toute question relative aux horaires et au plan de circulation, toute amélioration à apporter, toute demande spécifique enfin, je suis votre homme. M. Faustini se désigna lui-même d'un geste du pouce et déclara : Faustini, sur quoi il tendit la main au jeune homme, qui n'esquissa pas la plus petite réaction. M. Faustini laissa retomber sa main, la retourna face contre ciel, en contempla un instant la paume puis la glissa de nouveau dans sa poche. C'est qu'il s'agit d'avoir l'œil à tout, vous comprenez, reprit le jeune homme en feutrant sa voix, de ne surtout rien laisser au hasard. Ses yeux s'allumèrent d'une lueur fébrile, flamboyèrent, se rétrécirent de moitié. Bien, bien, je vois, repartit M. Faustini, tout en s'assurant d'un regard que la scène n'avait pas de témoin. Et qui peut se targuer d'avoir l'œil à tout, dit le jeune homme, sinon moi ? Je suis le seul ici qui ait une connaissance synthétique des choses, vous comprenez ? Je comprends, fit M. Faustini. Dites voir, pourriez-vous me dire s'il est prévu de mettre en place un service routier de substitution pour Langen am Arlberg dans un futur proche ?

Pour l'heure, il n'est pas prévu de travaux de maintenance sur les voies, répondit le conseiller *a.t.h.* en matière de circulation ferroviaire et routière, mais si la météo nous joue les mêmes tours de garce qu'il y a deux ans, nous pouvons nous attendre à des perturbations occasionnelles du trafic, ce qui rendrait naturellement nécessaire la mise en place d'un service routier de substitution, quoique de façon toute temporaire, notez-le bien. Figurez-vous qu'ils n'auraient même pas mentionné le rapide Zurich-Munich dans le nouvel indicateur des chemins de fer, si je n'avais pas formulé une requête à cet effet. Une requête? demanda par politesse M. Faustini. Oui, il m'arrive souvent d'en formuler, répliqua l'homme. Parfois à seule fin de vérifier qu'il existe bien au sein de leurs services quelqu'un qui veille au grain. Et qu'en est-il, justement? demanda M. Faustini. Il y aurait bien un gars qui ferait l'affaire, oui, mais allez savoir ce qu'il adviendra s'il tombe malade. Ou s'il prend des congés. Ou le diable sait quoi. Eh bien, j'imagine qu'il se trouvera quelqu'un pour le remplacer, hasarda prudemment M. Faustini. Mais ce quelqu'un, c'est moi! s'écria le jeune homme. Il se donna une petite tape sur le front. Tout est enregistré là-dedans, tout. Je n'ai pas besoin d'ordinateur comme ces clampins-là. Tout est dans ma caboche. Tenez, posez-moi une question! N'importe laquelle. Mais que voulez-vous que je vous demande? dit M. Faustini d'une voix que la fébrilité gagnait. Allons, la première question qui vous passera par la tête, l'encouragea le jeune homme. C'est que ce n'est pas aussi simple que ça, observa M. Faustini. Il faudrait en effet que je puisse connaître par avance la réponse, sinon vous interroger n'aurait aucun sens. Comment peut-on être certain que ce que vous dit l'autre est vrai, si l'on ne connaît pas la réponse? Avec moi, vous pouvez en être certain, assura le gaillard tout en se donnant encore une tape sur le front. Tout est emmagasiné là-dedans, que je vous dis. Bon, très bien, abdiqua M. Faustini. Si je prends le train express régional à destination de Dornbirn et descends en gare de Dornbirn, pouvez-vous me dire à quelle heure j'aurai la correspondance par autocar pour Bezau? Le jeune homme fixa sur M. Faustini des yeux pleins d'une pitié navrée, comme s'il n'arrivait pas à concevoir qu'on pût lui poser une question aussi triviale. Mais c'est enfantin, souffla-t-il. Si vous prenez maintenant le quatorze heures vingt-sept, vous arriverez en gare de Dornbirn à quatorze heures quarante-deux. Le car à destination de Bezau partant à quinze heures zéro cinq, vous aurez donc un temps d'attente en gare de vingt-trois minutes avant le départ dudit autocar à destination de Bezau.

Notez cependant que vous auriez également la possibilité d'emprunter l'omnibus desservant Alberschwende, et... Non, merci, l'arrêta M. Faustini, je n'ai aucunement l'intention d'emprunter l'omnibus desservant Alberschwende, pas plus d'ailleurs que le car pour Bezau, c'était de ma part une simple question, car vous m'avez invité à vous en poser une. Je dois d'ailleurs reconnaître que vous venez de répondre de la plus brillante des façons, et je vous en félicite. Mais, à franc parler, je voudrais simplement prendre le train pour Dornbirn afin d'aller faire un petit tour là-bas. Plus tard, c'est par le train à destination de Bregenz que je m'en retournerai chez moi. C'est que, voyez-vous, je suis titulaire d'une carte d'abonnement de l'Office des chemins de fer. Voilà bien longtemps que M. Faustini ne s'était pas montré aussi loquace. Mais il jugeait qu'après tout le jeune gaillard avait bien mérité qu'on lui délivrât un rapport détaillé. J'imagine que vous êtes vous-même en possession d'une carte d'usager du réseau ? enchaîna-t-il, sur quoi il regretta aussitôt ses paroles, car les yeux du jeune homme s'éclairèrent d'une lueur étrange, presque inquiétante. Ses pupilles changèrent peu à peu de couleur et il vit poindre tout au fond de celles-ci un dur éclat métallique. Le jeune homme ne répondit pas à la question, détourna la tête d'un mouvement onctueux et, le buste donnant de la bande, s'en alla du même pas rapide qu'il était venu.

M. Faustini avait eu son content d'expériences pour la journée, car après tout celle-ci s'était annoncée sous les plus noirs auspices. Il monta à bord de l'autocar, qui le reconduisit à Hörbranz en brinquebalant de toute sa carcasse. Pas un instant il ne quitta des yeux le lac.

5

Un soleil radieux éclairait la pièce, ce qui parut à M. Faustini du meilleur augure. En règle générale, quand il avait connu une fichue journée – même si l'issue de celle-ci avait été heureuse –, celle du lendemain lui souriait davantage. Il balaya l'espace du regard. La cuisine était baignée d'une lumière irréelle. L'image qui ornait l'éphéméride accrochée au mur lui parut plus belle que jamais auparavant. Une tache de soleil y entourait justement une date d'un cerne de lumière. Il sursauta : dans moins de trois semaines, sa sœur célébrerait un anniversaire à marquer d'une pierre blanche, ce qui signifiait qu'il allait lui falloir se mettre en quête d'un cadeau pour elle. Il alla sonner à la porte de Mme Gigele. Naturellement, celle-ci était levée depuis longtemps. Il pouvait s'estimer heureux qu'elle ne fût d'ailleurs pas occupée à passer l'aspirateur. Car elle n'aurait pas entendu dans ce cas le timbre de la sonnette. Mme Gigele parut devant lui, la tête hérissée de bigoudis. Dans les premiers instants, elle sembla en éprouver un soupçon de gêne, ce dont témoigna son geste de porter la main à ses cheveux. Puis la conscience des longues relations de voisinage qu'elle entretenait avec M. Faustini lui revint à l'esprit.

Ah, c'est vous, M. Faustini, soupira Mme Gigele. Et moi qui pensais que c'était peut-être le nouveau facteur. Vous comprenez, je ne tiens surtout pas à ce qu'il me voie dans cet appareil.

M. Faustini ne sut trop s'il devait se sentir flatté. Après tout, les propos de Mme Gigele laissaient entendre qu'il faisait partie de la famille, ou autant valait, et qu'il était donc indifférent qu'il vît les bigoudis. Il n'était pas vraiment certain de vouloir faire partie de la famille, et de ne pas souhaiter compter bien plutôt au nombre des êtres devant lesquels Mme Gigele préférait dissimuler pudiquement ses rouleaux de mise en pli.

M. Faustini, dans l'encadrement de la porte, expliqua à sa voisine que sa sœur s'apprêtait à fêter un anniversaire marquant, et qu'il allait donc lui falloir trouver un cadeau pour elle. Il prononça ces derniers mots d'une voix si expirante que Mme Gigele devina sans peine à quel point l'achat de ce cadeau représentait pour lui un problème épineux.

À quoi aviez-vous donc pensé ? lui demanda-t-elle.

À une plante en pot, répondit-il d'un ton pusillanime.

Et comment comptez-vous vous y prendre pour l'acheminer dans le Tessin ?

Le problème du transport ne lui avait encore jamais effleuré l'esprit. Mme Gigele était dans le vrai. Il fallait que le cadeau ne fût pas trop encombrant, c'est-à-dire qu'on pût l'expédier par voie postale.

Pourquoi ne pas lui offrir plutôt un bon cadeau pour des soins en institut de beauté ?

M. Faustini se serait volontiers jeté au cou de Mme Gigele, n'eût été la vive terreur que lui inspirait l'architecture de bigoudis. En outre, ses cheveux répandaient une odeur âcre de coloration chimique. Il prit promptement congé d'elle, alla préparer la gamelle du chat et remplir d'eau fraîche sa coupelle, verrouilla la maison à double tour et sauta dans l'autobus à destination de Bregenz. C'est l'esprit transporté de joie qu'il arriva sur place, car il savait maintenant quel cadeau il allait offrir à sa sœur. Il se dirigea droit vers l'institut de soins corporels de Mme Helga, dont il s'apprêtait à franchir les portes pour la première fois. N'avait-il pas aperçu bien souvent par le passé, à la faveur d'un fugace regard en coin, l'enseigne au néon rose de la boutique ? Il était d'ailleurs arrivé à cette occasion que les derniers rayons du soleil couchant se réfléchissent à cet instant précis dans la devanture, ce qui était en somme une invitation à aller y regarder d'un peu plus près. Mais les mystérieux événements qui avaient cours dans les entrailles du salon de beauté demeuraient obstinément invisibles au passant. C'est alors qu'une pensée fulgura dans son esprit : pourquoi diable offrir à sa sœur un bon cadeau pour l'institut de beauté de Mme Helga, puisqu'elle vivait dans le Tessin ? Elle n'allait tout de même pas entreprendre un périple de plusieurs heures à seule fin de découvrir l'établissement de Mme Helga, alors même qu'il lui était possible de fréquenter dans le Tessin des instituts de beauté d'un tout autre niveau, et ce tous les jours de l'année, attendu qu'elle avait fait là-bas un beau mariage la comblant de tout, y compris de conseils avisés en matière de chirurgie plastique.

M. Faustini en était revenu à son point de départ. Le château de cartes qu'il avait échafaudé – à l'instigation de Mme Gigele, il est vrai – venait de s'effondrer. L'idée de cadeau avait fait long feu. Les épaules voûtées, il arpenta les rues de la zone piétonnière d'un pas sans entrain, errant d'une boutique d'opticien à l'autre. À mesure que défilaient sous ses yeux les visages radieux des mannequins présentant les lunettes, il sentait croître en lui un désarroi profond. Se pouvait-il qu'il n'y eût pas dans toute la ville de Bregenz une seule boutique offrant un choix d'articles cadeau ? Il devait bien être possible de dénicher quelque part un présent pour la sœur de M. Faustini, même si celle-ci résidait dans le Tessin et ne fréquentait que les milieux les plus huppés. Il fallait que l'objet fût assez svelte pour qu'on pût le glisser dans un colis. Un livre, peut-être ? Ou quelque œuvre musicale ? Ce n'était pas tous les jours que la sœur de M. Faustini fêtait un anniversaire à chiffre rond, aussi ne pouvait-il pas se contenter d'un livre ou d'un CD. Il rebroussa chemin et ses pas le ramenèrent devant le salon de beauté de Mme Helga. Il devait bien se trouver là quelque chose qui ferait l'affaire. La petite cloche de la porte carillonna quand il franchit le seuil. Aussitôt le nez de M. Faustini sonna l'alerte. Il lui sembla que la teneur en oxygène de l'air chutait en flèche, au bénéfice des huiles odorantes et des eaux de parfum. L'atmosphère était lourde de senteurs qui conjuguaient leurs efforts pour lui montrer combien cet univers était luxueux. D'instinct, M. Faustini comprit qu'il foulait le sol d'un monde qui existait parallèlement au sien et dont il n'avait jusqu'alors aucunement pressenti l'existence. Il pénétrait ici dans le saint des saints des femmes. Au cœur de leur royaume secret. Mme Gigele était-elle, elle aussi, une cliente du salon de beauté ? Il fit effort pour se la représenter en train de se faire vaporiser sur le dos de la main divers échantillons de parfum. Mais elle détonnait un peu dans cet environnement. Mme Helga était assurément une femme d'une tout autre étoffe. Sa chevelure faisait songer à quelque couronne. Au reste son maintien, ses gestes, tout en elle évoquait une reine – une reine dont l'empire eût été clandestin, cela s'entend.

M. Faustini, un peu intimidé, jeta autour de lui des regards farouches, à peu près aussi confus que s'il venait de s'égarer par mégarde dans le rayon lingerie pour dames d'un magasin. Une femme – Mme Helga, sans l'ombre d'un doute – s'avança alors vers lui, le pas immatériel, laissant s'épanouir sur ses lèvres un sourire qui n'était pas tout à fait de ce monde. Ce n'était cependant pas un sourire comme en arboraient les jeunes novices qu'il lui arrivait de croiser parfois, à l'occasion de promenades, sur les pentes du Pfänder. C'était, en comparaison du sourire des novices, un sourire qui n'avait il est vrai rien de séraphique, songea M. Faustini, mais n'en était pas moins rayonnant, impénétrable et libéré. Et en même temps ce n'était pas le mot juste : Mme Helga, souveraine en son empire, avait le froncement de lèvres rassurant d'une femme pour qui les lotions de beauté n'ont plus de secrets. M. Faustini exposa en quelques mots la situation où il se trouvait, ce qui lui valut de récolter un sourire bienveillant agrémenté d'un hochement de tête entendu. Il n'était pas nécessaire d'en dire davantage à Mme Helga. Un monsieur qui de toute évidence n'était pas de la plus haute extraction s'était mis en quête d'un cadeau à peu près présentable. D'un bref coup d'œil, elle apprécia une fois encore le veston de M. Faustini, dont les plus belles heures appartenaient il est vrai au passé. Il fallait donc que le cadeau ne fût pas trop coûteux. Sans hésiter un instant, elle s'empara d'un flacon qui reposait sur un rayonnage. Voici une crème de modelage du corps aux propriétés lissantes et raffermissantes. Elle façonne la silhouette de la femme, et rend à sa peau toute sa tonicité et l'élan de la jeunesse.

Pour nos clientes dans la fleur de l'âge, privilégiant les produits d'exception, ajouta Mme Helga. M. Faustini avait certes pleinement conscience que Mme Helga n'avait rien mis de personnel dans ces mots, mais il ne lui en fut pas moins reconnaissant d'avoir employé l'expression « dans la fleur de l'âge ». Car un esprit plus perfide aurait peut-être usé, pour décrire la situation dans laquelle se trouvait sa sœur à l'aube d'une décade nouvelle, de termes moins empreints de tact. Pour les femmes soucieuses de leur extérieur, Shiseido propose toute une ligne de soins de beauté haut de gamme. Dans le même esprit, nous avons le Purifying Invigoration Mask de la ligne issima. À moins que Madame votre sœur ne préfère un parfum ? N° 5 de Chanel, par exemple ? Ou peut-être porte-t-elle quelque chose de plus discret ? Tandis que Mme Helga présentait ainsi les différents produits cosmétiques à M. Faustini, les pans d'un rideau s'écartèrent, à l'autre extrémité de la pièce, et une femme qui pouvait avoir à peu près le même âge que la sœur de M. Faustini fit son entrée, suivie de près par une jeune esthéticienne. Les traits de la femme témoignaient d'une profonde décontraction à laquelle se mêlait une expression de bien-être intense, telle que M. Faustini l'avait vue se développer pour la dernière fois sur la face réjouie d'un camarade de lycée, lors du voyage post-baccalauréat en Italie, lorsque celui-ci, son affaire faite, avait quitté la turne miteuse d'une prostituée. La comparaison établie par M. Faustini pouvait passer il est vrai pour inconvenante, et la dame qui venait de goûter aux délices ineffables de soins corporels en aurait certainement pris ombrage si celle-ci avait été portée à sa connaissance. Mais, dans l'état de ravissement où elle était plongée, il était peu vraisemblable qu'elle se préoccupât de sonder par télépathie les pensées de M. Faustini. Pour nos clientes affichant une préférence marquée pour les produits naturels, embraya Mme Helga, je puis également vous recommander une crème située il est vrai dans une fourchette de prix élevée, mais qui accomplit des miracles : *La mer*. Le dernier cri en matière de cosmétiques naturels, un article du plus grand raffinement. À la vérité, M. Faustini était déjà persuadé que

Mme Helga avait certainement en rayon ce qui conviendrait à sa sœur. Et sans doute n'est-ce jamais que la certitude qu'il allait lui falloir, au bout du compte, choisir à l'aveugle la crème de soin qu'il destinerait à sa sœur pour son anniversaire – car en ces lieux sa pensée était comme paralysée – qui le porta à demander malgré tout un petit temps de réflexion. Il avait encore une course à faire, et repasserait ensuite à la boutique pour effectuer son achat. De quelques mots courtois, il prit congé du discret et flottant sourire de Mme Helga et quitta l'institut de beauté. Il arpenta les rues de la zone piétonne sans prêter attention à quoi que ce fût. Les mots crème de modelage du corps, soin contour des yeux antirides, issima, Tessin, anniversaire à marquer d'une pierre blanche, milieux huppés et élégance de bon ton tournaient sans relâche dans son esprit à la manière des nacelles d'un manège. Les crèmes de Mme Helga étaient-elles adaptées au Tessin ? Représentaient-elles là-bas le dernier chic, ou tout au contraire le comble de la ringardise ? M. Faustini était totalement ignorant sur ces matières, ce dont il conçut du regret pour la première fois de sa vie. Oui, il regrettait de n'être jamais allé – et de n'aller sûrement jamais – se faire cajoler dans le salon de beauté de Mme Helga. Et pourtant, si l'on prêtait foi à ce qu'on racontait, les hommes de nos jours se rendaient chez la manucure, la pédicure, se faisaient faire des gommages corporels, avaient au besoin recours à la chirurgie esthétique. Ces rumeurs couraient certes les rues, mais M. Faustini n'avait jamais appris à rapporter ces nouveautés à sa propre personne, aussi lui passaient-elles au-dessus de la tête et n'existaient-elles pour ainsi dire pas. Voilà beau temps que l'industrie cosmétique ne se satisfaisait plus des femmes, les messieurs offrant désormais de nouveaux débouchés.

Certes, il était sain d'exercer son esprit critique, mais depuis quand cette sagacité vous permettait-elle d'avancer dans la vie ? Sa visite au salon de coiffure *Septième ciel*, entre les mains de Nicole, n'avait-elle pas été une expérience céleste ? Sa journée n'en avait-elle pas été comme transfigurée ? C'était la pure vérité, sans exagération aucune. M. Faustini, au plus profond de lui-même, résolut d'abandonner tout esprit critique pour ce qui touchait au domaine des soins corporels, et fut surpris de constater qu'il s'en trouvait prodigieusement bien. C'est à cet instant qu'émergea à sa vue, sous la cloche d'un parapluie, le visage d'une femme qui n'était pas précisément de la première jeunesse. Par un temps pareil, pourquoi diable emporter un parapluie, se demanda intérieurement M. Faustini. Mais avant qu'il ait pu approfondir cette question, la femme l'aborda : N'auriez-vous pas deux euros ? Elle jeta à M. Faustini un regard qui donnait à penser qu'il était seul compétent pour résoudre ce problème. Voilà ce que c'était, de laisser courir sur le monde un regard empreint de bienveillance. Comment la femme aurait-elle pu savoir, aussi bien, que ce regard chaleureux ne s'adressait pas à elle, mais à Mme Helga, qui régnait d'une main souveraine sur ses provinces cosmétiques ? Jeune homme, reprit la femme au parapluie en rivant sur lui des yeux perçants, il me faudrait deux euros. Notez bien que ce n'est guère dans mes habitudes, mais enfin il me les faut, et tout de suite encore. Il était indubitablement flatteur pour M. Faustini qu'on lui donnât du jeune homme. Même si ce n'était que dans le but de lui soutirer deux euros en contrepartie du compliment. Mais tout bien pesé l'échange était équitable, jugea-t-il. Il fouilla dans son porte-monnaie, en retira la somme demandée et tendit celle-ci à la femme. Elle le gratifia d'un Merci ! si tonitruant qu'il préféra décamper au pas de course. Il n'avait pas tourné le coin de la rue qu'elle lui lançait un second merci, bien plus retentissant encore, et qui exerça sur M. Faustini l'effet d'un propulseur à réaction. Voilà des éternités qu'il n'avait pas cheminé par les rues d'un pas si leste.

Quiconque adopte une allure très rapide veut oublier quelque chose, ou n'a tout au contraire rien en tête qu'il puisse oublier. Ce pas véloce est en tout cas à proscrire si l'on veut retrouver le fil de ses pensées. M. Faustini le conserva cependant jusqu'à l'instant où il s'aperçut que ses jambes battaient le pavé sans lui. N'y avait-il pas tout de même quelque chose qu'il ne devait pas oublier ?

Il fallait qu'il y eût en lui un je ne sais quoi d'engageant. Sinon, comment expliquer que l'homme à la casquette lui ait adressé à son tour la parole, ce jour-là ?

Robin Hood, ça te dit quelque chose ? lui demanda de but en blanc celui-ci. M. Faustini se retourna, aperçut une bouche qui se fendait d'un aimable sourire et, au-dessus de celle-ci, deux grands yeux noirs où se lisait de la douceur, ou de la malice, ou de la vivacité d'esprit, ou autre chose encore sur quoi il aurait été bien en peine de mettre des mots. L'homme tenait contre son flanc un panier où M. Faustini aperçut deux jeunes chiots. Permettez-moi de faire les présentations, dit l'homme : voici Robin Hood, et il agita la patte du chien en manière de salutation. Enchanté, dit M. Faustini, qui s'apprêta à décliner son identité, avant de se raviser. On n'était jamais trop prudent. Allez savoir ce que pouvait avoir en tête quelqu'un qui vous accostait en pleine rue. Ça vous dirait, de prendre Robin Hood dans vos bras ? lui demanda l'homme. M. Faustini n'eut pas le temps de refuser l'offre qu'il avait déjà la bête entre les mains. Comme le pelage de Robin Hood était doux et souple au toucher ! Quelle bonne chaleur le corps menu de ce chiot diffusait au creux de ses mains ! Des images remontèrent à la mémoire de M. Faustini, il lui revint le souvenir de lointaines journées d'été, de souffles haletants contre son oreille, de soudaines ondées et de chiens dont le pelage fumant exhalait une odeur âcre. M. Faustini se souvint qu'il avait peur des chiens étant enfant. Il suffisait qu'un chien fondît droit sur lui pour qu'il en eût le souffle coupé. Et quelle n'était pas sa joie, alors, quand l'animal se laissait caresser, venait se frotter contre ses jambes en frétillant de la queue ! L'ordre qui régissait le monde de M. Faustini en était immédiatement rétabli, et il lui semblait qu'il était relié à la terre par des racines plus profondes encore. Maintenant il tenait Robin Hood dans ses mains. À la vérité, s'apprêtait-il à dire, à la vérité je n'ai pas une minute à moi. C'est que je dois retourner au salon de beauté de Mme Helga, en raison de l'anniversaire de ma sœur. Mais déjà le chiot lui léchait la main avec sa langue légèrement râpeuse. On dirait qu'il t'a à la bonne, lui souffla l'homme, sur quoi Robin Hood fit entendre un bâillement. M. Faustini fut ému de voir le chiot bâiller ainsi avec volupté entre ses mains, les yeux clos sous un épais capiton de graisse juvénile. Qui lui avait jamais témoigné une aussi aveugle confiance ? Son chat, peut-être ? Il allait et venait à sa guise. Au fond, M. Faustini n'était guère autre chose pour lui que l'homme qui remplissait sa gamelle. Ce penchant entrait dans la nature des chats. Surtout quand ils commençaient à prendre de l'âge. On aurait dit qu'ils n'avaient plus besoin de personne. Et sans doute en était-il d'ailleurs réellement ainsi : le chat pouvait très bien se passer de lui. Robin Hood nous arrive droit de Pologne, dit l'homme au panier, c'est moi qui me suis chargé de l'élever. Il se nourrit exclusivement de camembert nappé de sauce à la vanille, ajouta-t-il dans un sourire. Vous pensez s'il est aux anges ! L'homme affichait une mine si rayonnante que c'en était communicatif. Son allégresse se transmettait à M. Faustini. Ainsi, le petit Robin Hood était constitué tout entier, jusqu'au moindre de ses atomes, de camembert et de sauce à la vanille ? Il n'y avait rien d'étonnant à ce qu'il fît entendre ces longs bâillements repus. De quelle race s'agit-il au juste ? s'enquit M. Faustini, tout en regardant d'un peu plus près les imposantes oreilles de renard et les petits bourrelets de graisse au-dessus des yeux.

Robin Hood est un Welsh-Corgi, répondit l'homme. La reine d'Angleterre en possède douze. C'est un chien tout ce qu'il y a de plus distingué ! Robin Hood est un animal noble, pensa M. Faustini, une sorte de lord dans l'aristocratie des canidés. Je ne suis sans doute pas suffisamment chic pour avoir le privilège de le tenir dans mes mains. Au vu du régime alimentaire qu'on lui dispense, il est tout naturel qu'il ait acquis des manières de lord. Un chien de haute lignée comme celui-ci sait certainement se tenir en toutes circonstances, y compris à la maison. Il n'ira pas se soulager sans plus de façons aux quatre coins de votre foyer. Robin Hood avait les paupières qui papillotaient, comme s'il était sur le point de s'assoupir dans les bras de M. Faustini. Cette confiance inconditionnelle et profonde, songea ce dernier, n'est-il pas le premier à la placer en moi ? Et Robin Hood ne serait-il pas au fond un cadeau tout indiqué pour ma sœur ? Il lui procurerait à n'en pas douter beaucoup de joie. En outre, les promenades quotidiennes lui seraient du plus grand profit. Il fallait reconnaître qu'elle ne sortait de chez elle qu'en de trop rares occasions, et encore n'était-ce que pour effectuer des achats, non pour le simple agrément de faire un peu de marche à pied. Avec Robin Hood, tout serait différent. Elle serait bien contrainte alors de mettre le nez dehors. Et plusieurs fois par jour. Dès potron-minet. Mais peut-être ne saurait-elle justement pas apprécier ce cadeau à sa juste valeur ? Peut-être ne serait-elle pas disposée à faire faire à Robin Hood ses promenades quotidiennes ? Qui sait si celui-ci ne deviendrait pas à ses yeux un fardeau dont il lui tarderait de se débarrasser ? Et par-dessus tout : qui se chargerait de la corvée de lui apporter Robin Hood dans le Tessin ? M. Faustini voulait absolument éviter d'avoir à effectuer lui-même le voyage. Après tout, il ne pouvait pas laisser sa maison sans surveillance. Abandonner son chat, son intérieur, sans même parler des fleurs qu'il cultivait. Et sur le chapitre du chat : qu'adviendrait-il de celui-ci, s'il prenait Robin Hood avec lui ? Mortifié par la présence au gîte de ce nouvel arrivant, il aurait tôt fait de prendre le large. Car près de trois semaines devaient s'écouler encore avant l'anniversaire de sa sœur. Le chat n'allait quand même pas les passer tout entières perché dans le pommier du voisin. Mais si, le galopin en était bien capable. Il n'en ferait cependant rien. Il mettrait bien plutôt les voiles, et M. Faustini n'aurait plus qu'à passer ses soirées seul, à somnoler dans son fauteuil à oreilles. Et comment faire prendre le train ou l'autocar à un chien-lord ? D'ordinaire, les créatures de si noble origine n'empruntent aucun de ces deux moyens de transport. Elles ignorent même jusqu'à leur existence. C'est à bord d'une voiture présidentielle qu'on les mène faire leur promenade. Mais il devait être possible d'apporter à cette éducation de menus aménagements, le chien-lord étant encore dans son très jeune âge. Il avait beau être un animal de sang bleu auquel on avait prodigué les soins les plus tendres, l'accent devait être mis sur le mot chien, non sur le mot lord.

Tout bien considéré, la balance penchait plutôt en défaveur de Robin Hood. Si douloureux que lui fût ce constat, et si vive que pût être la peine qu'il éprouvait à ne pas le garder, M. Faustini dut renoncer à Robin Hood. C'est la mort dans l'âme qu'il rendit le bébé chien à l'éleveur polonais, lequel porta deux doigts à sa casquette en guise d'au revoir. M. Faustini s'en alla d'un pas rapide, afin de ne pas être tenté de changer d'avis.

Il s'achemina de nouveau vers le salon de beauté de Mme Helga. Il fallait que cette affaire fût enfin réglée. Car s'il ne faisait pas sans plus tarder l'acquisition d'un cadeau pour sa sœur, il risquait de passer les jours suivants à errer d'une boutique à l'autre, ce qui représentait pour M. Faustini l'une des plus détestables façons d'occuper son temps. L'atmosphère lourde de parfums de l'institut de beauté de Mme Helga lui était maintenant un environnement familier. Avec une assurance souveraine, il acheta la crème de modelage du corps. Mme Helga l'emballa dans un ravissant papier cadeau, la glissa dans un sac plastique, ajouta pour la bonne mesure quelques échantillons de parfum pour homme et de crèmes destinées aux messieurs qui prennent soin d'eux-mêmes. C'est par une poignée de main rehaussée d'un éclatant sourire qu'elle prit congé de M. Faustini. Les portes de son salon de beauté lui seraient toujours ouvertes. Il était doux de savoir qu'il bénéficierait dorénavant d'un sûr refuge, s'il devait être amené à connaître des embarras cosmétiques.

6

À peine fut-il dans la rue qu'il lui sembla que la ville n'avait plus tout à fait la même odeur. Il y flottait comme un parfum de crème de soin et d'adoucissant. Cette sensation gagnait en intensité à mesure qu'il rapprochait la pointe de son nez de l'étoffe de son veston. Se pouvait-il que son bref passage chez Mme Helga ait eu de si profondes conséquences olfactives ?

M. Faustini avait encore cette odeur de crème dans les narines quand son regard s'arrêta sur une affiche où les mots THE END se détachaient en gros caractères sur un fond d'un bleu intense. Ils étaient surmontés du nom d'un artiste américain. Sur le bord inférieur de l'affiche figurait l'inscription : MUSÉE DES BEAUX-ARTS DE BREGENZ. Ce devait être cet édifice cubique de construction récente dont les parois de verre mat changeaient de couleur selon les caprices du temps et les tons qu'adoptait le lac. Le grand cube de verre avait éveillé dès l'origine l'intérêt de M. Faustini, sans qu'il lui fût toutefois jamais venu l'idée d'y pénétrer. Il compara la date de l'inauguration de l'exposition avec la date figurant sur le cadran de sa montre. Les deux dates concordaient. Le vernissage allait donc avoir lieu dans quelques heures à peine. La dernière fois que M. Faustini avait pris part à un événement de ce genre, c'était à l'occasion d'une exposition consacrée à un artiste-peintre originaire de Hörbranz, homme d'un certain âge, quoique encore vert, dont les aquarelles d'une grande délicatesse de touche s'attachaient à fixer par prédilection des atmosphères maritimes. Le village au grand complet s'était rendu au vernissage, lequel s'était tenu dans la salle communale. Le maire avait chantourné des mots élogieux à l'adresse du peintre amateur, en l'honneur de qui le quatuor à cordes des Jeunesses musicales de Hörbranz avait donné une sérénade.

M. Faustini décida qu'il assisterait au vernissage de l'exposition de l'artiste américain. Au fond, une petite immersion en société lui ferait le plus grand bien.

Il passa devant la piscine de l'ancien site militaire, rentra chez lui à pied, déposa quelque part le cadeau d'anniversaire destiné à sa sœur, revêtit une chemise propre, jeta un bref regard appréciateur dans son miroir et retourna à Bregenz du même pas qu'il s'en était allé, mais équipé cette fois d'un parapluie, car les nuages qui plombaient le ciel étaient annonciateurs de pluie. C'est avec une heure d'avance sur l'horaire que M. Faustini, parapluie en main, se campa en face du Musée des beaux-arts, à l'angle d'une rue, pour jouir du spectacle des visiteurs qui paraîtraient au vernissage. Car une sourde prescience lui murmurait que celui-ci serait un événement d'une tout autre nature que l'exposition du peintre amateur originaire de Hörbranz. Il vit s'avancer alors en rangs dispersés, la plupart du temps par couples, des hommes et des femmes vêtus avec élégance. Certains étaient déjà attablés devant une coupe de mousseux, à la cafétéria du musée. La couleur d'élection des visiteurs de l'exposition semblait être le noir, raison pour laquelle ils ne se différenciaient qu'à peine de personnes endeuillées assistant à des funérailles. Les dames portaient pour la plupart les cheveux relevés en chignon sur la nuque, conformément à une mode assez récente, et non recouverts d'une voilette noire, comme la coutume l'exigeait autrefois lors des enterrements. Il suffit à M. Faustini de très peu de temps pour être capable de distinguer parmi la foule des passants, même à une grande distance, ceux qui se rendaient au vernissage et ceux qui ne s'y rendaient pas. Car les amateurs d'art avaient ceci en commun que leur apparence les désignait à la vue : on aurait dit que chacun d'eux s'efforçait, au prix d'un travail sur soi, de se mettre extérieurement au diapason de l'événement, ce qui ne devait d'ailleurs pas être une tâche facile, à moins naturellement qu'on sût par avance à quoi l'on devait s'attendre. M. Faustini n'avait en tout cas jamais vu rassemblées en un même endroit autant de personnes frappant l'attention, aussi n'y avait-il rien d'étonnant à ce que sa nervosité grandît au fil des minutes. Il était encore figé à l'angle de la rue quand les premières gouttes tombèrent, suivies après un court moment d'une violente averse. M. Faustini se demanda s'il n'aurait pas été mieux avisé de rentrer chez lui. Le chat se serait certainement réjoui de sa présence, et se serait ému tout au plus de l'odeur quelque peu baroque que diffusait à présent son maître. Qu'est-ce qu'un homme comme M. Faustini pouvait bien avoir à faire dans l'édifice de verre dédié aux beaux-arts, où un grand événement s'apprêtait à se tenir d'un instant à l'autre ? En même temps, il n'avait rien à craindre. Et pourquoi ne se serait-il pas mêlé pour une fois à la société de ses semblables ? Aussi, les jambes flageolantes, traversa-t-il finalement la rue et pénétra-t-il à l'intérieur de l'immeuble de verre. Surgi du demi-jour qui baignait la pièce, un torrent de voix retentissant et nourri déferla aussitôt vers lui. Les conversations des visiteurs tissaient une toile d'un coin à l'autre du vaste espace aux murs dépouillés et nus, qui lui évoquait un peu un parking souterrain, mais en plus distingué. Il aurait été cependant bien en peine de dire en quoi consistait ce surcroît de distinction. Qu'était donc le langage, se demanda M. Faustini pour la première fois de sa vie, sinon une trame de mots dont chaque fil nous raffermissait dans notre être ? Une trame de mots qui confirmait à qui la tissait qu'il existait bel et bien, et, davantage encore, scellait son existence aux yeux des autres ? Il ne parvenait pas à s'expliquer autrement l'ardeur acharnée que les personnes présentes mettaient à converser. Elles n'auraient pas accompli cet effort s'il n'y avait pas eu quelque bénéfice à en retirer. Ce qui frappait surtout M. Faustini, c'étaient les yeux. Ils étaient littéralement partout, semblaient s'égailler dans toutes les directions au même instant et former en même temps le point de convergence des regards. Il lui semblait que ces yeux s'étaient affranchis de leurs propriétaires pour mener une vie autonome, tant ils trottaient d'un coin à l'autre de la pièce avec une liberté débridée. M. Faustini restait planté là, tenant en main son parapluie fermé qui avait formé sur le sol de marbre noir une petite flaque d'eau. Il ne savait trop où poser les yeux ni où guider ses pas. Il remarqua bien qu'on lui adressait des regards scrutateurs, se fendit en retour de quelques hochements de tête aimables, mais il ne rencontra pas le plus petit écho dans ces yeux qui tout aussitôt se détournaient de lui, sans doute parce qu'il n'était jamais qu'une feuille vierge. Une femme séduisante lui adressa alors un sourire engageant. Elle occupait de toute évidence un rang éminent dans la société, comme l'attestait le fait que les personnes réunies autour d'elle la prenaient pour pôle magnétique, pareilles à des brins de limaille de fer. Il lui retourna le plus charmant des sourires, récolta en échange une nouvelle marque de sympathie, puis quelqu'un lui heurta l'épaule avec rudesse et l'écarta sans ménagement. Un homme à la stature imposante, se forçant un passage parmi la foule, se dirigea droit vers la femme, lui déposa sur la joue gauche, puis sur la droite, puis de nouveau sur la gauche des baisers qu'elle lui rendit un à un, mais pas tout à fait cependant, car elle n'embrassa pas l'homme à proprement parler, mais bien plutôt l'air qui l'entourait. Il s'agissait donc d'une méprise, d'un sourire distribué par erreur. M. Faustini aurait pourtant dû s'en douter. Mais il est vrai qu'il n'avait été que très rarement confronté à des situations comme celle-ci, où il ne savait trop où diriger ses regards, où poser ses pas, que faire de ce parapluie qui dégoulinait à grosses gouttes sur le sol. Il ne connaissait pas la marche à suivre en pareille circonstance. La mine perplexe, il se tenait au milieu des visiteurs qui prenaient le plus vif plaisir à discuter et déployaient dans la pièce un riche éventail de notes parfumées. Soudain, le bruit confus des voix se tarit et tous les regards convergèrent vers l'avant de la pièce, où se tenait un homme âgé d'une cinquantaine d'années, vêtu d'un pull-over noir à col roulé, qui souhaita la bienvenue au public. La chevelure de l'orateur semblait se partager en d'innombrables petits tortillons figés par le gel et qui pointaient chacun dans une direction différente. Quiconque s'occupait d'art devait le laisser extérieurement paraître, M. Faustini le comprenait très bien. L'homme, son préambule une fois achevé, se lança sans transition dans un discours comme il n'en avait jamais entendu encore. Il n'aurait pas cru qu'il pût exister des mots tels que manichéisme, méta-niveau, syncrétisme ou palindrome. Comme il s'efforçait d'en démêler le sens, il eut sous les yeux un fouillis de lianes, et il lui sembla qu'il s'empêtrait dans la jungle de ce discours. Par défi, il mit un point d'honneur à retenir ces mots-lianes, car le jour viendrait peut-être où il aurait l'occasion de les employer lui-même pour prendre au piège quelqu'un qui n'aurait rien mérité de mieux. L'homme au pull-over à col roulé semblait considérer l'histoire de l'art et l'histoire des idées comme une sorte de brocante dans laquelle il aurait pu chiner à sa guise. C'est en tout cas d'abondance que lui venaient les patronymes d'artistes dont M. Faustini subodorait qu'ils devaient jouir de quelque renom. Il les faisait suivre de formules accrocheuses auxquelles on répondait ici et là par des hochements de tête. La dame blonde opinait elle aussi aux bons endroits, sans doute pour marquer son approbation. M. Faustini enviait aux personnes présentes l'immense culture dont elles étaient dépositaires et qui, concentrée à l'intérieur de ces têtes, remplissait la pièce jusque dans ses plus petits interstices. Lui n'était en comparaison qu'une nullité, un parfait idiot incapable de saisir la moindre phrase et pour qui le discours de l'homme au col roulé n'était rien d'autre qu'un indigeste brouet, qu'il lui était parfaitement impossible d'ingurgiter. Et puisqu'on en était au chapitre de la nourriture : au fond de la pièce où se tenait l'exposition, contre le mur, des denrées comestibles jetaient de tentateurs reflets verts, jaunes et rouges, et il y avait apparemment aussi de la bière et du vin à suffisance. M. Faustini observa les visiteurs qui, agglutinés autour de l'orateur, restaient suspendus à ses lèvres, puis il ramena les yeux vers le buffet et s'aperçut qu'il en émanait comme un champ de force. Il lui sembla que certains regards couraient avec une insistance à chaque instant plus marquée en direction de l'endroit où de petites mains avaient dressé avec zèle des pyramides de victuailles. L'homme au pull-over à col roulé, magnétisant la foule de son regard, attaqua sa péroraison : « Car ce n'est qu'à partir du moment où les glissements de sens seront aussi subsumés sous les espèces du Matériel, que la souris de la Métaphysique pourra enfin grignoter son fromage. Je crois qu'il est parfaitement inutile de vous dire combien cette exposition, dont nous avons ici la primeur mondiale, avant qu'elle ne se transporte à Paris puis New York, représente un nouvel apogée dans l'histoire de ce musée, qui en est pourtant déjà fort riche. Et si notre bonne ville de Bregenz a pu bénéficier de cette chance unique, nous le devons aux relations cordiales et solides qui unissent notre artiste à la Direction du musée, relations que de nombreuses années auront contribué à forger et dont je me félicite d'être l'initiateur. C'est à ce titre que je déclare ouverte l'exposition du grand artiste américain – M. Faustini ne comprit pas le nom de celui-ci –, qui nous fait l'honneur d'être ce soir parmi nous. » L'homme au col roulé laissa poindre sur ses lèvres un sourire, désigna à l'assistance, d'un geste ample, l'artiste en question, que M. Faustini chercha en vain du regard dans la foule des visiteurs vêtus de noir, et, à l'instant où des centaines de mains éclatèrent en applaudissements, s'inclina avec courtoisie. Le public prit alors d'assaut le buffet, tandis que plusieurs visiteurs faisaient déjà cercle autour du tribun. C'est avec flegme qu'il reçut compliments et hommages, affichant aux moments appropriés un sourire de circonstance. La femme au physique avantageux lui tendit le catalogue de l'exposition afin qu'il y apposât une dédicace. L'homme fit remarquer avec modestie qu'il n'avait fait que prononcer l'allocution de bienvenue, mais enfin soit, à quoi la femme séduisante répliqua, tout en lui tendant déjà un stylo à bille, que celle-ci était digne de tous les éloges.

À pas prudents, M. Faustini s'avança à son tour vers le buffet. Se faufilant entre plusieurs silhouettes, il s'empara d'un ballon de vin rouge. Il n'osa cependant pas toucher aux petits fours, étant en proie à une émotion bien trop vive. Peut-être lui faudrait-il en outre engager la conversation avec tel ou tel des visiteurs, et rien ne serait plus inconvenant que d'avoir la bouche pleine. Au milieu de ces messieurs et de ces dames élégamment vêtus qui menaient des discussions animées, M. Faustini se faisait tout petit. L'effervescence qui régnait dans la salle lui était une expérience nouvelle. D'ordinaire, les gens du pays passaient pour être d'un tempérament plutôt placide. L'émotion générale devait être soulevée par l'Art et par tout ce qui touchait de près ou de loin à celui-ci. Par le plaisir de discourir là-dessus à perte de vue et de bénéficier d'un auditoire. M. Faustini n'avait encore rien vu des œuvres exposées, et il jugea qu'il était temps de réparer cet oubli. Son verre de vin en main, il arpenta la pièce avec le pas feutré d'un chasseur approchant sa proie, guettant les œuvres d'art. Il laissa courir son regard d'un mur à l'autre, avec lenteur, distingua les contours absents des interrupteurs électriques, devina où l'extincteur, en cas de catastrophe, saurait bien être débusqué. D'œuvre d'art, il n'y avait cependant pas trace. M. Faustini paraissait être le seul à s'en émouvoir, les gens conversaient, buvaient, parlaient la bouche pleine, avec un tel sans-gêne qu'il préféra par courtoisie détourner les yeux. Il se demanda à qui il allait s'adresser pour le guider dans sa quête des tableaux. Il ne pouvait tout de même pas asséner, sans autre préambule, à l'homme au pull-over à col roulé : Je vous adresse mes félicitations pour votre discours, mais seriez-vous assez bon pour me dire où se trouvent les œuvres d'art ? Non, c'est en solitaire qu'il poursuivit sa quête. Les tableaux devaient bien être cachés quelque part. Tout au fond de la pièce, il avisa alors, reléguée dans un coin, une étrange structure tubulaire, vraisemblablement en verre, autour de laquelle plusieurs visiteurs s'étaient attroupés, se tenant à une distance respectueuse. Quelqu'un, joignant le geste à la parole, leur délivrait des explications. M. Faustini s'approcha. Ce devait être l'œuvre d'art. Il le comprit à l'air pénétré qu'affichaient les personnes présentes. Il observa de plus près le tube, s'aperçut que les mots THE END s'y étalaient en caractères luminescents. L'enseigne au néon tantôt s'allumait, tantôt s'éteignait, peut-être en raison d'un mauvais contact. M. Faustini jeta un regard circulaire dans la pièce, mais nul ne semblait partager sa perplexité. Tiens, voilà que ça recommençait : THE END. Autour de lui, ce n'étaient que hochements de tête, moues approbatrices, éloquentes inclinaisons du cou.

C'était donc là l'œuvre d'art. M. Faustini considéra le tube au néon sous tous les angles. Les mots THE END apparaissaient, disparaissaient. À l'évidence, il se cachait derrière cela un sens plus profond dont la portée lui échappait tout à fait. Il lui sembla que les visages des visiteurs reflétaient de l'insouciance, et même de la décontraction. Se pouvait-il que le tube au néon avec les mots THE END ne recelât plus pour eux aucun mystère ? À moins que la décontraction qu'ils affichaient ne provînt tout au contraire de ce qu'ils ne tenaient surtout pas à savoir quel sens plus profond se cachait derrière ces mots ? À cette seule pensée, M. Faustini éprouva du soulagement. Oui, ce devait être ça. Ils ne tenaient aucunement à le savoir. Ils se trouvaient fort bien de cette ignorance. Car rien n'est plus triste que de connaître le pourquoi des choses. M. Faustini n'avait cessé d'en faire l'expérience. À peine avions-nous démêlé l'écheveau des causes et des conséquences qu'une paralysante tristesse nous accablait. Pourquoi en était-il ainsi ? Il n'y avait plus de pourquoi. C'est comme ça et voilà tout, n'en parlons plus. M. Faustini, qui était encore occupé un instant plus tôt à sonder le mystère des mots luminescents THE END, sentit monter soudain à ses lèvres un irrésistible sourire. Il éprouvait la joie profonde que dispensent les questions non approfondies. Et il comprenait pourquoi tous ces gens s'étaient donné la peine de faire le déplacement pour assister à l'exposition. Ils devaient éprouver une grande reconnaissance à l'égard de l'homme au col roulé, qui avait eu une fois encore le nez creux en leur présentant une œuvre dont la signification leur demeurerait à jamais opaque. Car à la vérité ils n'espéraient rien d'autre que cela : que l'art leur restât pour toujours une énigme. Ils avaient en effet découvert, non, le mot était un peu fort, ils avaient pressenti que l'incertain et le vague leur seraient une source de joie inépuisable. Des contraintes imposées par l'Art naissaient ainsi force et jubilation. La mine radieuse qu'arboraient les visiteurs dans leurs élégantes tenues ne s'expliquait pas autrement. M. Faustini, qui inclinait à penser encore un peu plus tôt que les exigences de l'Art étaient décidément trop élevées, comprenait à présent que celui-ci était au contraire l'une des choses les moins exigeantes au monde. Mais il savait combien il était prompt à s'enflammer devant chaque découverte nouvelle, aussi se tempéra-t-il bien vite intérieurement : une chose peu exigeante, en tout cas. Dire qu'en plus de cette souveraine ignorance dispensatrice de joie, on vous gratifiait, lors de ce genre de vernissage, de drinks et de petits fours... Les mots lui manquaient pour dire son bonheur. L'Art se résumait à un tube au néon où apparaissaient puis disparaissaient des caractères luminescents, et quiconque se mettait en quête de l'Art, au point d'y consacrer le plus clair de ses soirées, faisait en somme figure de héros. C'est en tout cas ce qu'il avait eu tendance à penser, au début. Mais il se rendait compte maintenant que l'Art obéissait à une loi plus haute encore, à laquelle il n'avait pas été initié jusqu'à ce jour, et qui était source de joie. Chaque fois que M. Faustini avait l'occasion de faire une découverte nouvelle et d'en tirer quelque enseignement, il sentait une vague de gratitude l'envahir. Il en fut également ainsi en cet instant. Pour un peu, il aurait embrassé l'homme au pull-over à col roulé. Mais il inspirait trop le respect pour cela, et gardait quelque chose d'inaccessible. La malice dont avait su faire preuve cet homme soulevait l'admiration de M. Faustini. La palette de ses dons laissait pantois. Non seulement il était expert en matière d'art, mais il avait eu la faculté de rendre son discours à ce point impénétrable à ses auditeurs que ceux-ci avaient pu accéder pleinement aux joies du non-savoir. Car c'était à seule fin de goûter celles-ci qu'ils couraient les expositions. Des soirées comme celle qu'ils venaient de connaître étaient en grande vogue parmi eux. Où pouvait-on éprouver avec une si profonde intensité, sinon en ces lieux, le plaisir consistant à ne comprendre goutte à ce dont il était question, sans en être autrement blessé, car aussi bien il n'était ici question de rien. Et c'est tout pénétrés de ce néant qu'ils s'en retournaient alors, le pas léger, chez eux, où ils seraient en revanche immanquablement confrontés à des choses qu'il ne leur serait pas permis de ne pas comprendre. Pour un premier contact avec l'Art, le vrai, M. Faustini n'avait pas perdu sa soirée. Bien sûr, le sourire de la femme séduisante n'avait été qu'un malentendu, mais il n'en emporterait pas moins le souvenir. Il en allait d'ailleurs de même des regards et des mots qui avaient été échangés ici. Certes, il n'avait eu l'occasion d'engager la conversation avec personne. Mais quelle importance. Il avait partagé avec tous les autres une expérience décisive, et cela suffisait presque à faire d'eux les membres d'une même famille. Aussi M. Faustini gratifia-t-il chacun des visiteurs, ce soir-là, quand il quitta le Musée des beaux-arts, d'un chaleureux regard de remerciement. Une fois dehors, il déploya son parapluie et, adoptant la démarche de qui vient d'accomplir dans une affaire importante une percée capitale, rejoignit sa maison où l'attendaient son chat, le silence et la paix.

7

Comme M. Faustini se rendait à la boulangerie, la brise du matin lui effleura les joues d'un geste si délicat qu'il s'arrêta net pour en profiter. Il était rare qu'elle fût si vivifiante, si tendre, et sa douceur lui faisait songer à Robin Hood, le chiot qu'il avait recueilli au creux de ses mains comme une source de confiance et d'abandon. L'air, certains matins, était si léger qu'il avait entre vos doigts la douceur caressante d'un voile de cachemire. Ou du pelage soyeux et chaud de Robin Hood. Le chiot n'avait-il pas été la première créature à lui témoigner une aussi profonde confiance ? Cette question s'imposa de nouveau à son esprit. N'avait-il pas secrètement espéré, bien souvent, pouvoir offrir à quelqu'un chaleur, sécurité et protection ? Jamais encore une femme n'était entrée dans la vie de M. Faustini. L'occasion ne s'en était pas présentée. Il n'y avait aucune explication à cela. Le jour lointain où Iris, sa nièce, alors âgée de huit ans, lui avait rendu avec sa mère une brève visite, et avait glissé avec naturel et candeur sa main dans la sienne avant de faire quelques pas à son côté, M. Faustini avait senti se répandre dans sa poitrine une vague de chaleur qui lui avait fait monter aux yeux des larmes de joie. Jamais auparavant, lui avait-il semblé, il n'avait été aussi près de l'essence de la vie. Jamais il n'avait senti battre le cœur de celle-ci aussi nettement qu'à l'instant où la fillette avait saisi sa main. Ce jour-là, il avait éprouvé, l'espace d'une heure – ou plutôt d'une semaine ? – le désir d'être à la tête d'une famille dont il aurait pu s'occuper. Mais ce n'était pas le tour que les choses avaient pris, il était extrêmement rare qu'une femme franchît le seuil de sa maison, si l'on exceptait toutefois Maria, la femme de ménage, et l'employée qui, depuis peu, procédait au relevé des compteurs pour la Société du gaz. M. Faustini n'avait pour toute famille que son chat. En ces soirs qu'il passait dans son fauteuil à oreilles, bercé par ses ronronnements, celui-ci lui dispensait sa chaleur et sa lenteur.

8

Dimanche. La ville était pareille à un bassin de natation vide. Seul, un monsieur d'un certain âge, chaussé de souliers du dimanche qui grinçaient, traversait le quartier de Leutbühel en jetant de tous côtés des regards inquisiteurs. Pourquoi fallait-il que chaque dimanche ramenât sur les visages la même expression de tristesse ? Existait-il un mot d'ordre qui aurait échappé à M. Faustini, et dont la teneur eût été la suivante : Nous sommes dimanche, merci d'afficher une mine maussade ! Il fallait qu'il en fût ainsi. Pourquoi, dans le cas contraire, les rares promeneurs qu'on apercevait sur les bords du lac – sans même évoquer le quartier de la gare, où l'on observait le même phénomène dans de plus amples proportions – auraient-ils affiché à l'unisson la même expression de morne accablement ? Les promeneurs du dimanche arboraient tous, sans exception, un visage chagrin, ce qui rendait à M. Faustini les dimanches particulièrement difficiles à supporter. Afin de ne rien arranger, les transports en commun semblaient ce jour-là au point mort. Qui pouvait bien emprunter l'autobus ou le train, le dimanche ? Des voyageurs en transit effectuant le trajet Munich-Zurich. Pour le reste, la vie semblait s'être totalement figée. M. Faustini accueillait alors le moindre frémissement de vie, le plus petit signe de retour à la normale comme un cadeau des dieux. Toute personne au visage éveillé qui ne se laissait pas engloutir par le maelström du dimanche faisait figure à ses yeux de rayon de soleil, et passer ne serait-ce qu'une minute en sa compagnie suffisait à sauver sa journée.

C'est alors que s'avança vers lui l'homme le plus élégamment vêtu des rives du lac de Constance. Il lui avait été donné de l'apercevoir assez souvent par le passé, dans des complets croisés offrant une riche variété de tons. Tantôt son costume était bleu, tantôt il était violet. Aux bruns succédaient les ocres. L'homme était toujours muni d'une courte canne à pommeau en ivoire qu'il faisait tournoyer en l'air, pareil à ces *flâneurs**[1] qu'on croise dans les vieux films français. Il gardait les yeux dans le vague, ou feignait en tout cas de ne concentrer son attention sur rien. C'est avec une expression d'ennui qu'il se mordillait la lèvre supérieure, tout en laissant errer son regard sur les eaux du lac, mais comme s'il ne les contemplait pas vraiment. Cet homme était un Noir, et la légende s'était répandue qu'il était un prince dans son pays d'Afrique. Sur la promenade bordant le lac, nul ne cheminait d'un pas aussi nonchalant que lui. On aurait dit que ses pieds n'effleuraient qu'à peine le sol. Et puisqu'il pesait si peu sur cette terre, c'était peut-être en effet qu'il n'était pas réellement là. M. Faustini jeta un coup d'œil autour de lui pour voir si on les observait. Personne à la ronde. Ce n'était pas la première fois que l'idée d'adresser la parole au prince originaire d'Afrique lui traversait l'esprit. Mais celui-ci se nimbait d'une lumière qui n'appartenait qu'à lui. Il cheminait comme enveloppé d'un halo. Il était parfaitement exclu d'aborder un être comme celui-là. Le Prince évitait du reste tout contact oculaire avec les autres. Mais cela tenait peut-être aussi à ce qu'il n'était pas vraiment là. Et quiconque n'était pas vraiment là devait être absorbé par des pensées sombres. Un grand voile de tristesse entourait le Prince noir. M. Faustini en avait bien conscience, et, préparant ses mots, il voulut dissiper celui-ci. Il afficha son sourire le plus engageant et attendit que le Prince fût à deux pas de lui. Ne trouvez-vous pas vous aussi que les dimanches sont assommants? lui demanda-t-il. Tout aussitôt il regretta sa question. Il aurait dû choisir une meilleure entrée en matière. Ou plutôt ne rien dire du tout. Le Prince sursauta. Sans doute M. Faustini était-il le premier à l'interroger ainsi. Oui, oui, répondit le Prince tout en poursuivant sa route, on s'ennuie

1. Les termes en italique suivis d'un astérisque sont en français dans le texte.

ferme, le *Sonntag*. M. Faustini n'avait plus qu'une phrase dans sa musette ; encore un instant d'hésitation et le Prince serait parti. Mais le lac est beau, n'est-ce pas, dit-il d'un ton embarrassé, en regardant le Prince avec un visage où il mit toute la gaieté dont il était capable. Le Prince se tourna vers lui et répondit : Oui, le *See* est très beau. Mais enfin ça ne vaut pas la mer, *es ist nicht das Meer*. Là-dessus il se remit en chemin, et l'on vit s'allumer dans ses yeux une lueur de tristesse. M. Faustini le regarda s'éloigner, sans ajouter un mot, car il n'y avait rien à dire.

Il alla s'asseoir sur la petite plage recouverte de galets, non loin de la piscine de l'ancien site militaire, et laissa courir son regard en direction de l'autre extrémité du lac. Au niveau de Constance, la rive allemande s'esquissait là-bas à traits évanescents, presque au titre de simple mirage. Le lac figurait une manière de vaste baie ouverte de tous côtés, et que baignait une lumière à laquelle M. Faustini associait en pensée la clarté des baies maritimes. Mais les eaux du lac ne s'ouvraient pas vers le grand large, songea M. Faustini, comme ce devait être pourtant le cas dans une baie. Car des eaux auxquelles rien ne fait obstacle se déploient librement. Ici, tout au contraire, les choses restaient immuablement telles qu'elles étaient. Sur l'autre rive du lac, il n'y avait rien de plus à attendre que sur celle-ci. La paix singulière qui régnait sur les berges ne puisait pas ailleurs son origine. Et si certains trouvaient peut-être cette atmosphère triste ou même teintée d'ennui, M. Faustini appréciait quant à lui le calme qui émanait du lac. Nulle part mieux qu'ici, sur la rive, il n'éprouvait une sensation de paix aussi profonde. Mais c'était une paix puissante, et non un silence de mort. Une quiétude vivifiante, comme animée d'un souffle, et non la paix qui règne dans un coin de forêt après une tempête de feu. C'était une paix qui paraissait n'exister que pour elle-même, une paix opiniâtre qui n'avait pas besoin des êtres humains, mais acceptait volontiers de se transmettre à eux, pour peu qu'ils y consentissent. Et M. Faustini y consentait justement, surtout par une matinée d'été comme celle-ci. Assis sur la plage, il promenait ses regards sur les eaux lisses comme un miroir, que piquait au loin une voile solitaire animée d'un très léger souffle. Rien n'aurait été plus simple que de rester assis là, à contempler le lac, pendant la matinée, non, la journée tout entière. Déjà le soir serait tombé, et les heures se seraient écoulées comme des grains de sable vous ruissellent entre les doigts. Restons en mouvement, se disait M. Faustini, surtout restons en mouvement, car ce n'est qu'alors que des fenêtres s'ouvriront à nous. Et à travers celles-ci nous apparaîtra le théâtre changeant du monde, où le mouvement et l'immobilité se mêlent et se confondent en une sorte de mouvement immobile, ou d'immobilité mouvante. Mais avant toute chose levons-nous, pensa M. Faustini, voyons quel discours nous tiennent nos jambes. Peut-être sont-elles d'humeur à marcher. Oui, poursuivit-il tout en cheminant sur la plage semée de galets, je ne connais pas de plus grand mystère que la marche à pied, même si en apparence rien n'est plus simple que celle-ci. Et ce que la marche à pied nous permet d'atteindre bien souvent, mais pas toujours – fuir un problème sans plus de façons –, le train le permet assurément. Bien sûr, le soir venu, à notre retour, nous retrouvons ledit problème, mais il est à ce point changé que c'est à peine si nous le reconnaissons encore. Au fond c'est comme s'il s'était volatilisé. M. Faustini en était là de ses réflexions quand retentirent à son oreille des voix toujours plus proches. Il se retourna et aperçut alors un groupe de personnes rassemblées sur la berge. Était-il Dieu possible que vingt, sinon trente personnes se ressemblent en tout point, et qu'on ne sait quel hasard eût précisément réuni en un même lieu ces personnes en tout point semblables ? M. Faustini y regarda d'un peu plus près. Tous ces gens avaient ceci en commun qu'ils adoptaient la même posture. On aurait dit qu'ils prêtaient l'oreille à un discours solennel. Certains avaient les mains croisées dans le dos ; d'autres, le regard rivé sur le lac, semblaient apprécier d'un œil expert quelque système d'alimentation automatique sur un stand de foire. Ces personnes n'affichaient aucunement la triste figure qui était de rigueur le dimanche. M. Faustini en fut frappé. Un peu à l'écart des autres se tenaient deux messieurs plutôt bien en chair dont les ventres s'arrondissaient sous des chemises à manches courtes d'un bleu azuréen. Ils étaient tous deux coiffés de chapeaux de paille et portaient des lunettes de soleil du même modèle. La ressemblance qui les unissait était si parfaite qu'il aurait fallu pouvoir jeter un œil derrière leurs lunettes pour les différencier peut-être. Mais, à mieux y regarder encore, M. Faustini s'aperçut cependant que l'un d'eux, le plus enrobé des deux, devait être plus jeune que l'autre, d'une bonne vingtaine d'années. Le doute n'était plus permis : il s'agissait là d'un père et de son fils. Le plus jeune des deux hommes s'était lancé dans une démonstration et, tendant ses mains aux paumes largement ouvertes, esquissait, sous les yeux de son aîné qui restait campé là, les jambes en x, les mains croisées dans le dos, le geste d'insérer un objet de forme rectangulaire dans une boîte prévue à cet effet. M. Faustini, qui s'évertuait à démêler en son silence intérieur les bribes de conversation qu'il parvenait à saisir au vol, comprit qu'il allait lui falloir choisir un autre emplacement. À pas discrets, il se rapprocha du groupe de touristes. Il se fendit d'un salut courtois, tout en s'efforçant de regarder chacun d'eux dans les yeux, ce qui lui valut d'être gratifié en retour d'un vibrant *Grüßgottle!* lancé à l'unisson. Des voyageurs originaires de Souabe, songea-t-il avec satisfaction. Sous les yeux de son compère, obscurcis par les lunettes, le plus enveloppé des deux messieurs en chemisette bleu ciel était encore occupé à matérialiser dans l'espace on ne sait quels objets de forme quadrangulaire. M. Faustini s'avança vers les deux hommes, les salua civilement et leur demanda s'il pouvait leur être utile en quelque façon. Le plus dodu des deux touristes, les mains encore figées en l'air, tourna la tête vers M. Faustini d'un air un peu hébété, le remercia de son offre et reprit le fil de ses développements, que l'autre continua de suivre en gardant la même posture.

Là-dessus il a déposé le carton dans la cave de la veuve au père Isele, dit le cadet à son aîné. Mais ne va surtout pas t'imaginer qu'il l'ait mise au courant, attendu qu'elle n'était pas là. C'est qu'elle était sortie faire son marché. Mais il n'est pas non plus allé frapper chez la voisine pour le lui dire. Non. Il s'est trotté comme il était venu et baste.

Le père haussa le menton et acquiesça.

Sur le chemin du retour, le v'là qui croise Klaus Schmelzer avec qui il fait un brin de causette. Le gars Klaus lui a dit comme ça que les choses étaient moins claires qu'il n'y paraissait avec la veuve Isele. Je pense bien. Vu que les frangins de celle-ci ont la ferme conviction que son défunt leur a raconté des craques, rapport aux matériaux utilisés pour la construction du chambranle de porte. De sorte que personne n'est en mesure de dire avec exactitude comment les planches se sont retrouvées dans la boîte.

Le père haussa de nouveau le menton et prit un air grave. Nooon, dit-il en étirant le mot, tout en hochant la tête avec componction.

Et par voie de conséquence, poursuivit le fils, bien malin qui pourrait établir à qui revient la pleine jouissance du tout. Au point où en sont les choses, m'est avis en tout cas que ça ne profite à personne. Voilà au moins un point sur lequel tout le monde s'accorde. C'est d'ailleurs bien le seul. Le seul, ça oui.

Il me semble tout de même qu'entre gens de bonne volonté… avança le père en manière d'objection.

Tu auras beau t'échiner, tu ne les feras pas s'asseoir à la même table, répliqua le fils tout en laissant retomber ses mains. Dis-toi bien qu'ils ne s'adressent plus la parole. Rien, pas ça.

Hmmm, grommela l'aîné. Je vais malgré tout leur rendre une petite visite, sait-on jamais. Ce serait bien le diable si on n'arrivait pas à recoller les morceaux.

Le fils poussa un profond soupir et opina du bonnet.

Derrière l'écran de ses verres fumés, le père posa les yeux sur M. Faustini et déclara : C'est une bien jolie petite ville que vous avez là. Oui, confirma-t-il d'un hochement de tête, une charmante petite ville en vérité.

M. Faustini le remercia de cet éloge.

Tous les ans, voyez-vous, nous effectuons l'été venu notre traditionnelle excursion. Et cette année nous avons choisi pour destination Bregenz et le Bregenzerwald. Les paysages dont on jouit par chez vous sont vraiment majestueux. Il appuya ses propos de plusieurs hochements de tête et conclut : Majestueux, oui.

M. Faustini le remercia une fois encore.

Figurez-vous que nous travaillons dans les machines agricoles. Tous autant que nous sommes, oui. Et tels que vous nous voyez, nous faisons notre petite virée annuelle. Tracteurs, broyeurs, faneuses, dispositifs de ventilation, distributeurs de fourrage, andaineurs, trayeuses. Et tout le tremblement. Au pays, nous exploitons des hectares et des hectares de terrain. Croyez bien que ça nécessite quantité de machines. J'ai pas raison, Peter ?

L'autre, brûlant de poursuivre son exposé, tenait ses mains déjà prêtes au cas où.

Mais si, mais si, fit-il, tout en rivant à son tour sur M. Faustini ses yeux insondables. Il ne parvenait plus à dissimuler tout à fait son impatience. Pareil à ces gens qui se retiennent pour ne pas lâcher en société certains vents, il paraissait réprimer on ne savait quoi. Il lui tardait de reprendre le fil de ses explications. M. Faustini ne manifestant aucunement l'intention de désinvestir l'espace de conversation, l'homme replet à la chemisette bleu ciel n'y tint bientôt plus : Et le plus beau, dans tout ça, enchaîna-t-il, c'est qu'ils ne se rendent pas compte que ça ne peut pas fonctionner comme ça. Non, ça ne leur traverse même pas l'esprit.

Je pense bien que non, approuva l'aîné. Quand on n'a pas l'habitude d'agir autrement… Va falloir qu'ils en causent, voilà. Sinon c'est peine perdue.

Voilà, répliqua le cadet.

De quelques pas de côté discrets, M. Faustini s'éclipsa sans que les deux hommes s'en aperçussent. Il marcha le long de la rive d'une allure lente et désœuvrée, prêtant l'oreille à la rumeur distante du lac, où le silence formait un espace clos sur lui-même. Il s'efforça de mettre un peu d'ordre dans les propos de l'homme enrobé vêtu d'une chemisette bleu azur, mais il y renonça bien vite, éprouvant la sensation de s'être fait une entorse au cerveau.

M. Faustini plaçait toute sa confiance dans le silence qui régnait sur les eaux. Le lac, pensait-il, ne tardera pas à me révéler pourquoi l'inconnu a déposé le carton dans la cave de la veuve au père Isele, laquelle pendant ce temps était allée faire son marché. Mais toutes les questions que nos pas soulèvent pendant que nous nous promenons, la marche n'a pas le pouvoir d'y répondre. Elle nous est certes un allié sûr, mais ne résout pas toujours l'énigme. À moins bien sûr que celle-ci, chemin faisant, ne se dissipe en fumée.

9

Le lendemain matin, le facteur se présenta chez M. Faustini plus tôt qu'à l'ordinaire. Il sonna de surcroît à la porte, chose qu'il ne faisait que lorsqu'il y avait quelque papier à signer. À la vérité, ces occurrences étaient à peu près inexistantes. Un pli recommandé émanant d'une étude de notaire apprit à M. Faustini le récent décès d'un parent originaire du Liechtenstein, lequel lui léguait une somme modique. M. Faustini, à l'idée qu'il ne pensait jamais à ce parent éloigné résidant dans un pays pourtant limitrophe au sien, et que des décennies s'étaient écoulées depuis la dernière fois qu'il lui avait rendu visite, conçut un sentiment de honte. Si ce lointain parent l'avait couché sur son testament, ce n'était peut-être qu'à seule fin d'adresser à son légataire un signe de vie inattendu, depuis l'autre côté de la frontière (que ce fût celle du pays ou celle de l'existence terrestre). Si modeste que pût être la somme dont le défunt lui faisait don, cet héritage ne laissait pas de tracasser M. Faustini. Car après tout il lui tombait dessus si soudainement, il s'accordait en somme si peu avec le cours ordinaire de son existence, qu'il ne parvenait pas à se résoudre à déposer tout naturellement l'argent à sa banque. Il jugea plus avisé d'ouvrir un compte dans quelque établissement du Liechtenstein, en attendant de voir quel emploi il allait faire de l'argent.

De l'eau avait coulé sous les ponts depuis son dernier passage dans la principauté de Liechtenstein. Que serait-il allé faire, aussi bien, dans un pays où le seul spectacle qui s'offrait à la vue, ou peu s'en fallait, était celui de grosses cylindrées inoxydables et valant des millions ? Et c'était peu dire que M. Faustini, en sa qualité d'usager de l'autocar et du train, n'avait aucun faible pour les automobiles. Il n'avait pas davantage été attiré par la vue dont on jouissait sur le château qui, dressant son abrupte silhouette, trônait sur les hauteurs de la ville de Vaduz, et renfermait une collection de tableaux inaccessible au commun des mortels et dont on racontait qu'elle pouvait en remontrer à celle du Vatican. Non, ce qui conduisit M. Faustini dans la principauté ce jour-là, ce n'était que le simple désir d'y ouvrir un compte en banque.

M. Faustini pénétra dans le premier établissement qui se présenta sur sa route, sans prêter attention au nom de celui-ci. Un vaste hall de marbre l'accueillit, qui ne ressemblait en rien à la salle des guichets des banques qu'il connaissait. La bouche à demi ouverte, il jeta dans le fastueux hall des yeux étonnés. Il s'apprêtait déjà à tourner les talons, jugeant qu'un homme comme lui n'avait rien à faire là, lorsqu'une voix féminine lui demanda avec courtoisie ce qu'il désirait. Ce n'est qu'à cet instant qu'il aperçut, retranchée derrière un haut guichet de marbre, une femme qui lui adressa un sourire impersonnel. M. Faustini avança de quelques pas et bredouilla qu'il s'agissait certainement d'une méprise. En effet, il voulait simplement ouvrir un compte bancaire. Mais sans doute avait-il frappé ici à la mauvaise porte. Derrière son parapet de marbre, la préposée lui répondit qu'il ne leur appartenait pas d'en décider. Le plus sage était d'en référer à M. Ospelt. Là-dessus, elle pressa un bouton. Une porte encastrée dans la paroi de marbre s'ouvrit alors, et M. Faustini vit s'avancer vers lui un monsieur vêtu d'un impeccable complet-veston qui lui tendit la main. Il émanait de M. Ospelt comme une odeur de papier, aussi M. Faustini s'étonna-t-il, à l'instant où il lui serra la main, de ne pas entendre un froissement de feuille chiffonnée.

M. Faustini n'aurait jamais pu imaginer que les banques de la principauté de Liechtenstein étaient de véritables palais. L'eût-il su qu'il se serait empressé de revêtir sa plus belle chemise pour cette occasion solennelle. Il lui sembla dès lors que le regard scrutateur de M. Ospelt recelait une force à laquelle il ne pouvait opposer qu'une très faible résistance. Mais le banquier paraissait ne rien remarquer du manque d'assurance de M. Faustini, et c'est avec un regard impassible qu'il l'invita à formuler sa requête. M. Faustini s'éclaircit la voix et demanda avec la naïveté désarmante du candide : Pourrais-je ouvrir un compte dans votre établissement ?

M. Ospelt parut soulagé de voir que son vis-à-vis était enfin venu à bout de l'obstacle. Sur un ton ouvertement paternaliste, il répliqua : Mais naturellement, que vous pouvez ouvrir un compte chez nous. Après tout, il me semble que nous sommes là pour ça, n'est-ce pas ? M. Faustini acquiesça d'un hochement de tête perplexe, tout en s'efforçant d'afficher un visage à peu près serein. Il ne voulait surtout rien laisser paraître de la stupeur qu'il éprouvait à l'idée d'avoir remporté un premier succès entre ces murs. Il entreprit d'expliquer ce qui l'amenait : Un parent m'a laissé en héritage une faible somme d'argent... M. Ospelt eut un geste rassurant, comme pour lui dire : Ne vous donnez pas cette peine. Tous les messieurs de votre espèce, ceux qui nous arrivent en chemise négligée, n'ont jamais que de petites sommes à déposer... Non, vraiment, épargnez-vous de longs développements.

M. Ospelt lui indiqua le chemin de l'ascenseur : Le plus simple est de vous montrer sans plus attendre notre salle des coffres. Suivez-moi, je vous prie ! M. Ospelt s'effaça pour lui céder le passage. Une fois dans la cabine, M. Faustini ne parvint pas à déceler sur les parois le plus petit bouton de commande. L'appareil descendit au sous-sol, comme actionné par une main invisible, cependant que M. Ospelt rajustait sa cravate d'un geste expert. Je suis tenu de vous demander si vous portez sur vous une arme à feu, lui dit M. Ospelt d'une voix neutre. Pour toute réponse, M. Faustini secoua la tête, effaré. Simple formalité, comprenez-le bien, nota M. Ospelt. M. Faustini acquiesça.

Au spectacle de la salle des coffres rutilant de tous ses chromes, M. Faustini se sentit instantanément rapetisser. C'est avec fierté que M. Ospelt lui en présenta la porte – épaisse comme un homme –, tout en l'invitant à jeter un coup d'œil à l'intérieur de la chambre forte, ce qu'il fit docilement. Les coffres s'y alignaient à perte de vue, anonymes et lisses.

Très discret, n'est-ce pas ? observa M. Ospelt avec un sourire malicieux. Chez nous, vous pouvez laisser en dépôt des mallettes de toute dimension. Pour les apports d'un montant inférieur à un million de Francs suisses, le compte ne rapporte pas d'intérêts. Au-delà de cette limite, les intérêts s'élèvent à 0,34 %. M. Faustini entreprit de faire mentalement le décompte des mètres cubes et des mètres cubes de billets de cent Francs suisses qui étaient entreposés derrière les parois d'acier. Il ne cessait toutefois de se tromper dans ses calculs. C'est qu'il s'efforçait de suivre en même temps d'une oreille les propos de M. Ospelt. Il avait beau sentir battre avec une parfaite netteté, dans ces profondeurs, le cœur d'un univers qui lui était demeuré caché jusqu'à ce jour, force était d'admettre qu'on était un peu à l'étroit entre ces cloisons d'acier. Aussi M. Faustini éprouva-t-il un certain soulagement lorsque M. Ospelt l'invita à regagner les étages supérieurs pour y préparer son dossier. L'ascenseur, comme mû par la main d'un fantôme, remonta du sous-sol. Le bureau du banquier dominait le hall de marbre, sur lequel il offrait, au travers d'une vitre verdâtre à l'épreuve des balles, une vue plongeante.

Quelle somme souhaiteriez-vous déposer en espèces ? demanda M. Ospelt. M. Faustini était dans un grand embarras. Il ne possédait sur lui qu'un malheureux billet de banque. Cinquante Francs suisses suffiront-ils ? s'enquit-il d'un ton pusillanime. Allez, mettons vingt Francs suisses, trancha M. Ospelt, plein d'indulgence. Hormis vous, poursuivit-il en adressant à M. Faustini un regard complice, quelles seront les personnes disposant d'un pouvoir de signature sur le compte ?

M. Faustini n'était pas certain de bien comprendre. Un pouvoir de signature sur le compte ? Mais… je serai le seul à détenir ce pouvoir de signature, répondit-il avec ingénuité.

En êtes-vous bien certain ? lui demanda M. Ospelt d'un ton qui affectait l'indifférence, tout en jaugeant une fois encore M. Faustini du coin de l'œil. M. Faustini n'avait pas précisément revêtu sa chemise la plus seyante. De façon générale, il n'était pas de ces hommes qui font dans les établissements bancaires les plus luxueux la meilleure impression. M. Ospelt avait l'habitude de conduire dans la salle des coffres-forts des clients d'apparence quelconque et dont la situation de fortune n'était de toute évidence pas reluisante, et de voir leurs visages s'illuminer alors comme celui d'un enfant devant un arbre de Noël. Au sein d'une banque où la confidentialité la plus stricte était de mise, ils venaient ouvrir un compte sur lequel un autre monsieur au moins jouissait d'un pouvoir de mandataire. Un monsieur dont le nom sonnait généralement haut, et qui n'avait pas jugé indispensable de se déplacer en personne, car des affaires plus urgentes et plus lucratives le retenaient ailleurs. Dans le pays coffre-fort le plus discret au monde, riche d'une longue tradition en la matière, le monsieur au nom ronflant avait besoin d'un coffre, et la tâche de M. Ospelt – aussi bien que son plaisir – consistait à mettre précisément un coffre à la disposition de ce client. Le cas de M. Faustini était cependant d'une autre nature. Une lueur d'incrédulité se lisait encore dans le regard de M. Ospelt. La situation prenait ici à l'évidence un tour plus complexe. Après tout, quiconque avait le privilège de visiter avec M. Ospelt la salle des coffres ne le faisait d'ordinaire qu'afin de garantir à des messieurs restant discrètement tapis dans l'ombre la plus sûre des cachettes. En remerciement de ce menu service, les messieurs en chemise négligée avaient le droit de jeter un œil à l'intérieur de la salle des coffres en acier inoxydable, dont les parois étaient plus épaisses qu'ils n'auraient jamais pu l'imaginer.

Qu'à cela ne tienne : en cas de besoin nous pourrons toujours ajouter un ou plusieurs mandataires, observa M. Ospelt tout en adressant à M. Faustini un regard de connivence. M. Faustini fut soulagé de voir que ce problème allait être remis à plus tard.

L'établissement et la délivrance des documents se firent en un rien de temps. Pour des raisons de discrétion élémentaires – ce furent les propres mots de M. Ospelt –, il ne serait pas procédé à l'envoi de relevés de compte par voie postale. À titre de punition pour l'absence d'un mandataire sur le compte, M. Faustini fut contraint de prendre l'ascenseur en solitaire.

Dans le hall de marbre, la préposée à l'accueil prit congé de lui avec un sourire sans conviction.

À présent que M. Faustini était détenteur d'un papier qui le désignait comme titulaire d'un compte en banque, il lui semblait que les rues de Vaduz ne lui opposaient plus la même étrangeté. Ici, dans la principauté de Liechtenstein, tout était indirect. M. Faustini avait ressenti depuis toujours cette impression. Elle naissait de ce que les choses les plus concrètes étaient dissimulées ici sous un épais badigeon d'abstraction. Cela tenait aux arcanes des transactions financières. Maintenant que M. Faustini avait pris part, moyennant vingt francs suisses, à la vie financière locale, ses yeux se dessillaient cependant peu à peu. Les automobiles aux carrosseries impeccables étincelaient au grand soleil avec un éclat inédit. Tous les deux mètres, les devantures aux vitres teintées des sociétés fiduciaires, que des pancartes désignaient à la vue du passant, scintillaient plus intensément que jamais. À présent qu'un sésame lui avait permis d'accéder au mieux partagé des secrets, il lui semblait même qu'il parvenait à comprendre en quelque façon cette jeune dame blonde, là-bas, au volant de son véhicule tout-terrain démesuré. Naturellement, il se doutait que toutes ces personnes, derrière leur volant, de l'autre côté des vitres fumées, dans les halls de marbre, ne passaient pas le plus clair de leurs journées à réfléchir à la complicité occulte qui les unissait. Mais ce devait être malgré tout une mélodie qui accompagnait en sourdine chacun de leurs pas, les guidait avec une belle assurance dans leur vie au Liechtenstein, comme si le côté indirect de l'existence n'était qu'une vaste plaisanterie.

10

M. Faustini lui-même aurait eu toutes les peines à dire comment il avait finalement quitté la principauté de Liechtenstein. Ce fut comme un battement de paupières, et en même temps beaucoup plus complexe, il le sentait bien, sans pouvoir toutefois décrire de façon précise la transition. Car le trajet qui le ramena dans ses pénates ne fut pas seulement un bref parcours en chemin de fer, long d'une heure à peine : ce fut un voyage qui l'arracha à un autre monde, régi par d'autres lois, peuplé d'autres visages, au sein d'un autre paysage que baignait une tout autre lumière. Une fois franchie la frontière, le train passa devant un groupe de vieux arbres fruitiers auxquels s'adossait un cabanon en bois, comme en ces temps reculés où M. Faustini, encore en culottes courtes, trottait dans les prés. Sur le grand axe routier, un embouteillage s'était formé, mais les vieux arbres se nimbaient encore d'un silence qui diffusait sa propre lumière. Dans la vallée du Rhin, ces îlots de silence s'étaient réduits comme peau de chagrin. Ils ne subsistaient plus qu'aux endroits où il ne valait pas la peine d'investir, où les mots profit et rendement n'étaient pas encore venus aux oreilles de qui possédait quelques lopins de terre. Où ils avaient tout simplement échappé aux regards ; où ils semblaient en somme ne pas même exister. Où ils demeuraient encore intacts et répandaient alentour leur propre lumière, jusqu'au jour où l'on apposerait une signature au bas d'un document, où le virement bancaire serait effectué, la demande de permis de construire établie, l'autorisation délivrée, l'entrepreneur en démolition contacté, l'excavatrice à pied d'œuvre. Ils se comptaient sur les doigts d'une main, ces îlots de paix qui s'offraient encore à la vue de M. Faustini, où il lui semblait cheminer, soulevant un à un des voiles qui rendaient à ses yeux leur fraîcheur. La vallée du Rhin avait été liquidée jusqu'à la plus infime parcelle de terrain, les sols convertis en espèces sonnantes elles-mêmes tout aussitôt transmuées en Audi et en BMW aux chromes étincelants, en immeubles d'habitation et en chalets dans le Vorarlberg, en actions Piz-Buin-Global, en fonds de croissance et de revenu Threadneedle Investments, en prises de participation au sein de la Kredietbank Luxembourg, en portefeuilles de titres chez Goldman Sachs Asia, en placements en SICAV Gartmore Group. Les terrains se métamorphosaient en séjours au Cap l'hiver venu, en luxueuses croisières pendant l'été, en week-ends de chasse à l'automne, en séjours détente et bien-être au printemps. Les sols se changeaient comme par magie en week-ends sur les greens, en séjours découverte autour de la truffe, en dégustations de vins fins italiens, en forfaits spéciaux Plaisirs de la glisse, en week-ends gastronomiques, en volutes de fumée échappées de cigares roulés à la main sur les cuisses de femmes cubaines, et qu'on fumait tout en causant affaires devant un verre de Barolo. Il n'y avait pas si longtemps encore, ces sols étaient une terre de silence où de vieilles cabanes en planches sommeillaient dans leur écrin de sureaux. Mais l'ère du silence était révolue. Les sols avaient été vendus, les actes signés, l'Audi achetée, le voyage en avion réservé, le bonheur atteint.

La sonnerie du téléphone retentit. C'était sa sœur. Voilà des éternités, déclara-t-elle, qu'ils ne s'étaient vus, et, son anniversaire approchant à grands pas, elle tenait à l'inviter très officiellement à la fête qu'elle donnerait à cette occasion. À l'instant où elle prononça ces mots, M. Faustini entendit à l'autre bout du fil, avec une netteté parfaite, le vacarme d'un avion amorçant sa manœuvre d'atterrissage. Oui, il entendit comme s'il y était l'inversion de poussée des réacteurs, cependant que sa sœur lui vantait les mérites d'un restaurant qui venait d'ouvrir ses portes sur les hauteurs d'Ascona, et d'où l'on jouissait sur la région du plus enchanteur des panoramas. Il faut absolument que tu viennes t'en rendre compte par toi-même, le conjura-t-elle. M. Faustini l'écoutait de toutes ses oreilles, mais celles-ci n'entendaient rien d'autre que le chant de l'avion qui commençait sa descente vers l'aéroport. Il pria sa sœur de bien vouloir se taire un instant. Et pourquoi faudrait-il que je me taise ? lui lança-t-elle. À quoi il répondit simplement : À cause de l'avion. Mais de quel avion parles-tu ? demanda-t-elle. De celui qui passe en ce moment même au-dessus de ta maison, répondit-il. De ma maison ?! Aussitôt sa sœur posa le combiné sur le guéridon en bois du salon, s'avança vers la porte-fenêtre, sortit sur la terrasse. M. Faustini resta seul avec le long-courrier qui amorçait sa descente paisible vers Milan. Il lui semblait le voir : pareil à un gros bourdon pansu, il mettait le cap sur l'aéroport, et paraissait voler si lentement qu'on aurait pu croire, pour peu qu'on ne l'observe pas de trop loin, qu'il tombait du ciel tel un flocon. Ce n'était pas tant que M. Faustini aurait souhaité se trouver à bord de l'avion qui survolait Milan, non. M. Faustini ne prenait pas l'avion. Pour quoi faire, d'ailleurs, grands dieux ? En l'espace d'une heure, un avion comme celui-là serait déjà au diable Vauvert. M. Faustini préférait de beaucoup entreprendre une balade au cœur des montagnes, de village en village, et voir le paysage changer à vue. Non, M. Faustini n'avait aucun faible pour l'avion. Quiconque l'empruntait manquait en réalité de beaucoup la cible. Et qui sait combien de temps il fallait au voyageur, une fois qu'il avait posé le pied sur la piste, pour arriver vraiment à destination. De toute son âme et de toute sa chair. Et non pas seulement avec armes et bagages.

M. Faustini, téléphone en main, se sentait arraché à toute pesanteur terrestre. Depuis toujours, son vœu le plus cher avait été de se trouver à deux endroits en même temps. Voilà qu'on exauçait ses désirs. Et, comme il est naturel quand nos souhaits se réalisent, il lui semblait qu'il s'en allait à la dérive, immatériel, sur un océan de fleurs de pommier blanches.

C'est à cet instant qu'un coup de sonnette retentit à la porte. M. Faustini, encore suspendu entre ciel et terre, n'esquissa pas un geste. S'il restait immobile, l'importun allait nécessairement repartir comme il était venu. Et M. Faustini pourrait continuer d'être présent à deux endroits au même moment. Chut! souffla-t-il dans le téléphone. À l'autre bout du fil, sa sœur se tut. M. Faustini ne prêtait plus qu'une oreille hésitante au bruit qui déchirait le ciel de Milan, car il guettait en même temps la porte, derrière laquelle il distinguait avec netteté la présence d'un homme. Celui-ci donna un nouveau coup de sonnette, comme s'il n'arrivait pas à croire qu'il n'y eût personne dans la maison. Peut-être comptait-il au nombre de ces êtres dont l'odorat infaillible était capable de détecter la présence d'une personne à son domicile même à travers l'épaisseur de trois portes munies de cinq serrures de sécurité. Toujours est-il que M. Faustini pria sa sœur de bien vouloir patienter un bref instant: il allait la reprendre en ligne. Là-dessus, il posa le combiné et se dirigea vers la porte. À peine l'eut-il ouverte qu'il serra entre ses doigts une main large et chaude, tendue à la hauteur de son épaule. M. Faustini leva les yeux vers le colosse qui se tenait campé devant lui.

Bonjour, cher voisin, dit l'homme. Vous ne me connaissez pas encore. Mais je vous connais, moi. Et j'ai également le privilège de connaître votre adorable chat.

M. Faustini en resta bouche bée. Tiens donc, fit-il.

Voilà déjà plusieurs semaines que nous sommes voisins, M. Faustini, aussi je me suis dit que j'allais profiter de l'occasion...

Mais de quelle occasion? demanda M. Faustini.

Eh bien, voyez-vous, c'est à propos de l'un des volets de votre maison. Tenez, celui-ci précisément, à l'étage, dit l'homme à la haute silhouette tout en tendant le bras. M. Faustini suivit son geste, renversa si loin la tête en arrière qu'il lui sembla entendre un léger craquement de vertèbres, mais il eut beau se contorsionner le cou, il ne comprit pas à quoi l'homme pouvait faire allusion.

Alors je me demandais, comme ça, si des fois je ne pourrais pas vous l'arranger.

Me l'arranger?

Le remettre d'aplomb, précisa l'homme. Vous ne pouvez pas savoir comme il peut être déstabilisant d'avoir un volet de travers dans son champ de vision pendant toute la sainte journée.

Je travaille depuis quelques semaines déjà dans ma bicoque, là-bas en face, et je me suis dit que le moment était venu de vous proposer mes offices, sans plus de chichis.

M. Faustini, sans un mot, s'effaça pour céder la place à son nouveau voisin. L'homme courba profondément l'échine et pénétra dans le vestibule. Sans hésiter un instant, il se dirigea droit vers l'escalier et monta à l'étage. M. Faustini lui emboîta le pas.

Dites-vous bien qu'un volet de travers comme celui-là peut-être la cause de terribles nuisances, du matin au soir. Ça attire votre regard et ensuite impossible de s'en détacher. C'est bien simple : je n'arrive plus à rien faire de bon. Je ne connais rien de tel qu'un volet de guingois pour capturer votre attention et vous bouffer les yeux. Et si ce n'était encore que les yeux : ça vous ronge de l'intérieur et vous détruit à petit feu.

Le nouveau voisin tourna le bouton d'une porte. Tenez, ce doit être dans cette pièce, observa-t-il. Il s'avança vers la fenêtre et l'ouvrit. Vous voyez, c'est très exactement ici, dit-il tout en saisissant d'un geste prompt l'un des deux contrevents, lequel était en effet légèrement hors d'aplomb, comme M. Faustini dut bien le reconnaître. Le nouveau voisin sortit un outil de la poche de son pantalon, serra une vis, administra au volet bancal, du plat de sa large main, une tape si violente que M. Faustini en sursauta de tous ses membres, puis il se retourna vers lui, le visage cramoisi.

Voilà. C'était bien peu de chose, comme vous voyez, dit le nouveau voisin.

Merci bien, balbutia M. Faustini, qui ne savait trop quels propos il convenait de tenir en pareil cas. Sa pensée le ramena au même instant à sa sœur, qui patientait à l'autre bout du fil. Selon toute vraisemblance, l'avion devait avoir déjà atterri.

Le nouveau voisin referma la fenêtre. M. Faustini fut frappé par l'expression d'intense satisfaction qui se peignait sur ses traits.

L'homme poussa un long soupir, comme s'il venait d'écarter un grand danger.

Des papiers qui s'accumulent à foison sur le sol, dit-il, une valise qu'on n'a pas la présence d'esprit de ranger tout de suite au retour d'un voyage, des bouteilles de vin vides qu'on remise derrière la porte, voilà autant de pièges dans lesquels nous nous ruons tête baissée. Et on se retrouve à manger les pissenlits par la racine, nota-t-il, et bien plus vite qu'on ne le croit, encore.

Pour seule réponse, M. Faustini hocha la tête. Une phrase lui brûlait les lèvres mais il n'arrivait pas à sauter le pas. La teneur en était la suivante : Très cher voisin, je suis au téléphone avec ma sœur, aussi je crains de devoir vous quitter. Mais il était sans cesse coupé dans son élan ; l'autre ne lui laissait pas le loisir de placer un mot.

Là où j'habitais avant, continua l'homme, j'avais pour voisine une hôtesse de l'air. Elle laissait toujours traîner sa valise sur le seuil de son appartement. Prétendument que ça ne valait pas la peine de la remiser dans son armoire, étant donné qu'il lui faudrait reprendre l'avion deux, trois jours plus tard. Figurez-vous que ça me rendait tout chose. L'harmonie de mon existence en était brisée. Il suffit d'une petite valise de rien du tout comme celle-là pour semer le trouble dans un immeuble entier. Jusqu'au jour où j'ai pris les choses en main et fait place nette. Le calme est instantanément revenu dans la maison. Elle a sonné chez moi pour me réclamer la valise. Je la lui ai rendue, et je lui ai proposé de me charger pour elle de la ranger, à l'avenir. Ce fut une affaire conclue. Moi, j'avais mon poste de guet près de la fenêtre, j'attendais que le globe de l'enseigne Fernet-Branca s'allume. Cela se produisait tous les soirs à dix-neuf heures trente tapantes. Mon horloge intérieure se réglait sur l'aigle de l'enseigne Fernet-Branca. Depuis que la valise n'encombrait plus le couloir, il régnait dans l'immeuble une paix profonde. Et quand l'aigle de l'enseigne Fernet-Branca illuminait de tous ses feux les soirées d'hiver, c'était le bonheur.

M. Faustini reprit le combiné en main et s'écria : Allô… Allô…

Mais, à l'autre bout du fil, on n'entendait plus que le chant lointain d'un avion qui effectuait sa manœuvre d'atterrissage.

II

Voilà bien longtemps que M. Faustini ne s'était plus calé aussi profondément dans son fauteuil à oreilles. Il s'agissait de garder la haute main sur la situation. Après tout, on venait de perpétrer deux attentats contre l'ordre qui gouvernait son existence, et il lui fallait les digérer. L'allusion à l'aigle Fernet-Branca résonnait encore à ses oreilles, aussi décida-t-il de s'octroyer un petit verre de l'illustre alcool. Histoire de se nettoyer les entrailles et de s'éclaircir les idées, cela allait de soi. Il se rendit dans la cuisine, s'empara d'une petite bouteille de Fernet-Branca et d'un verre à liqueur, remplit celui-ci et le vida d'un trait. Pour tout dire, il n'appréciait pas le goût de cet amer. Mais, dans les situations difficiles, il avait au moins la vertu de lui dénouer l'estomac et de lui désembrumer l'esprit. Dans quel cadre s'inscriraient à l'avenir ses relations avec le nouveau voisin ? Car enfin, faire irruption chez quelqu'un pour réparer un volet sans qu'on vous en eût prié relevait de l'acte très intime. N'était-ce pas s'affranchir de toutes les règles de la bienséance, que de sonner à la porte d'une maison, d'écarter le maître des lieux sans plus de façons et de monter à l'étage pour remettre d'aplomb un volet ? M. Faustini, encore sous le coup de cet empiètement manifeste sur sa sphère intime, se réchauffa le fond de l'âme avec un Fernet-Branca. Il n'arrivait pas à en vouloir vraiment à son nouveau voisin. Car le colosse était entouré d'une si singulière aura de candeur que toute colère en était immédiatement désarmée. M. Faustini, loin de lui tenir rigueur de son acte, sentait s'éveiller tout au contraire à son égard des instincts de protection. Il fallait que cet homme trouvât à s'occuper d'une façon ou d'une autre, car il portait en lui d'extraordinaires réserves d'énergie. M. Faustini l'avait tout de suite compris. Chez ce genre de personnes, n'être pas employé au maximum de ses capacités pouvait avoir les conséquences les plus fâcheuses, non seulement pour les intéressés, mais aussi, dans le cas qui nous préoccupait, pour leurs voisins. Qu'en serait-il, par exemple, s'il lui venait la folle idée, suite à un brusque changement de temps, de retourner en tous sens le jardin de M. Faustini et d'abattre le pommier au pied duquel le matou aimait à se prélasser ? Cette première rencontre avec le nouveau voisin laissait en somme augurer bien des choses, et il s'agissait de mettre celles-ci sur les bons rails. Après tout, il était hors de question que M. Faustini abandonnât à cet homme débordant de force et de vitalité la seule conduite de leurs relations de voisinage. Il fallait entreprendre quelque chose. Faire plus ample connaissance avec le nouveau voisin. De préférence en terrain neutre. Mais avant toute chose il allait devoir réfléchir. Et il ne se lèverait pas de son fauteuil à oreilles avant que d'avoir poussé cette réflexion jusqu'à ses ultimes conséquences. Car pour comble de malheur, un second coup de force venait de bouleverser son existence : l'invitation de sa sœur. Autant l'idée de revoir celle-ci l'emplissait de joie – et, à plus forte raison, la pensée de retrouver sa nièce Iris, devenue entre-temps une jeune adulte, et dont la route n'avait plus recroisé la sienne depuis cet instant de merveilleuse complicité où elle lui avait pris la main, geste qui, pour insignifiant qu'il pût sembler, avait fait éclore pour lui un monde nouveau –, autant la perspective de devoir essuyer le feu des regards toujours méprisants de son beau-frère, chirurgien esthétique et médecin-chef de son état, en lui concédant de surcroît le bénéfice du terrain, ce qui ne pouvait contribuer qu'à aggraver les choses, ne soulevait en lui qu'un très faible enthousiasme. S'il ne lui revenait certes pas de blâmer sa sœur de l'avoir pris pour époux, il était cependant indéniable que ce choix avait contribué à distendre depuis de nombreuses années des liens autrefois très étroits. Mais, pour complaire à sa sœur, il allait à présent mobiliser ses forces, abdiquer toute certitude, quitter son univers. Elle s'apprêtait à célébrer son anniversaire. Elle voulait le voir, dans sa maison. Elle exigeait de lui un sacrifice, et le connaissait assez bien pour savoir combien celui-ci lui coûterait. Mais elle valait bien tous les sacrifices.

12

M. Faustini avait peur. Il allait entreprendre ce voyage pour assister à la fête d'anniversaire de sa sœur, le sort en était maintenant jeté. Il fallait qu'il parte, s'il ne voulait pas passer aux yeux de sa sœur pour un être froid et indifférent. Les jours qui suivirent furent empreints de la tristesse des au revoir. Jamais encore son intérieur ne lui avait paru aussi douillet, son jardin aussi exceptionnel, son chat à ce point doué de sagesse. Jamais encore il n'avait vu le lac briller d'un bleu si pur. M. Faustini ne s'en laissait pas accroire : l'heure des adieux avait sonné. Il prenait congé du monde qui lui était familier. Il prenait congé de l'existence. À quoi aurait-il d'ailleurs pu se raccrocher ? Au fond, la vie n'était guère autre chose qu'un terrain traîtreux semé de chausse-trappes et d'innombrables embûches. À quoi bon dès lors vouloir assurer sa préservation à toute force ? Dès demain, sa vie pouvait s'achever sous les roues d'un camion. M. Faustini broyait du noir. Il voyait approcher non seulement sa propre fin, mais la fin du monde tel qu'il l'avait connu. Et c'en serait fini de ces heures riches au cours alenti, fini de ces regards vagabonds dans la prairie où le chat se dissimulait parmi les hautes herbes.

13

M. Faustini était dans une impasse mentale. Aussi résolut-il de prendre le car pour Lustenau, où il marcha le long de la digue bordant le Rhin, comme il avait pris l'habitude de le faire dans les périodes difficiles. Il y avait là-haut de violentes bourrasques. Il était occupé à remonter le cours du fleuve, face au vent, lorsqu'il lui sembla entendre des clameurs. Le vent, de très loin, soufflait vers lui des moments de vie qui avaient appartenu à d'autres personnes et s'en étaient détachés, mais il se trouvait aussi dans ce cortège quelques moments auxquels nul n'avait jusqu'alors prêté attention, et qui ici, sur les bords du fleuve, avaient toute licence pour s'ébattre. Il marchait au milieu de ces rires et de ces pleurs comme il aurait traversé le salon de personnes inconnues. Il laissait les éclats de vies étrangères lui effleurer les joues, même s'il avait assez à faire de sa propre personne. Marcher à contre-courant du fleuve le stimulait intérieurement. Lors de ces promenades vers les terres d'amont, bien des choses se pensaient en quelque sorte d'elles-mêmes, et des problèmes parfaitement insolubles trouvaient leur solution. Quand l'heure était venue, quand les rouages de sa mécanique intérieure avaient suffisamment tourné, M. Faustini rebroussait chemin et descendait le fil de l'eau. Le bouillonnement qui agitait son esprit se calmait alors peu à peu. Rien n'exerçait sur M. Faustini un effet plus apaisant que de suivre la pente d'une rivière. Mais pour l'heure il remontait encore le cours du Rhin, et portait son regard vers les montagnes suisses, là où, par-delà la principauté de Liechtenstein, elles se dressaient en une grande paroi rocheuse derrière laquelle s'étendait le Tessin, où sa sœur attendait sa venue. C'est là-bas que son voyage le conduirait, il allait lui falloir franchir cette immense muraille de montagnes pour arriver en terre inconnue. Qui sait si ce périple n'allait pas entraîner un bouleversement complet de son existence. Dès lors qu'il quittait le périmètre de son univers, tout était susceptible d'arriver, M. Faustini en avait conscience. Et c'est bien à cette idée que son cœur se serrait d'angoisse : que plus rien peut-être ne fût comme avant.

Soudain, une voix masculine résonna au plus près de son oreille, l'arrachant à ses pensées. Un gaillard vêtu d'une veste de treillis élimée se tenait devant lui, la capuche rabattue sur la tête. Salut ! lui jeta-t-il sans détour. Avant d'enchaîner aussitôt : T'aurais pas quelques euros, des fois ? M. Faustini répliqua avec correction : De nos jours, tout le monde a des euros. À l'exception des Suisses, bien entendu, ajouta-t-il. L'inconnu parut ne pas se satisfaire du renseignement. Aussi spécifia-t-il : T'aurais pas deux euros pour moi, des fois ? M. Faustini lui répondit qu'à son grand regret non, il n'avait pas son porte-monnaie sur lui, au reste il ne l'emportait jamais quand il partait en promenade. Le porte-monnaie lui était une entrave au libre déploiement de ses pensées de marcheur à pied. L'inconnu se rendit à ces raisons avec un hochement de tête affligé. Comme M. Faustini s'apprêtait à se remettre en chemin, il lui glissa toutefois : J'en ai pardessus la tête de vos fichus Témoins. M. Faustini lui demanda courtoisement à quoi il faisait allusion. Les Témoins de Jéhovah sont une vraie calamité, déclara l'homme. M. Faustini restant coi, l'inconnu poursuivit : En Israël, voilà des éternités qu'ils ont affublé Dieu d'un autre nom. Notez bien que ça ne me fait ni chaud ni froid. Je m'en contrefiche. Mais les Témoins de Jéhovah, eux, ils ne s'en fichent pas. En outre, si l'on songe un instant qu'ils nous arrivent tout droit d'Amérique, de San Diego me suis-je laissé dire, et que c'est précisément à San Diego qu'est implantée la plus grande base militaire américaine... Et je ne vous parle même pas de Pearl Harbor et du reste. Ah, sûr qu'ils avaient bien goupillé leur coup. Songez donc qu'aujourd'hui, avec leurs satellites, ils sont capables de lire le journal par-dessus notre épaule, depuis le cosmos ! J'entends par là qu'il est en leur pouvoir de nous observer, et probablement aussi de lire sur nos lèvres. C'est même certain. Vous pensez s'ils en ont les moyens. Et ils sont aussi capables de produire un vent artificiel. Oh, certes pas comme la brise qui souffle ici, et qui m'a l'air tout ce qu'il y a de vraie. Et l'inconnu de lever la main droite et de pointer l'index en l'air pour tester le vent. Non, non, elle est bien authentique. Enfin, je crois. Mais à quoi peut-on encore se fier de nos jours ? Ils sont capables de produire des souffles d'air artificiels qui ne font aucun bruit, rien qu'en claquant des doigts. Et là-dessus ils nous projettent des diapositives d'un format démesuré, et font apparaître à nos yeux des choses qui n'existent pas. As-tu déjà entendu parler des mirages ? Eh bien, ça fonctionne très exactement comme ça. Leurs images nous donnent l'illusion d'un monde qui n'existe pas du tout, et nous nous restons vissés sur nos sièges à regarder la télévision, sauf qu'il n'y a pas de poste de télévision, tu piges ? Et les Témoins barbotent là-dedans jusqu'aux coudes. Eux qui ont les mains si propres, pourtant. (Il montra ses propres mains.) Bien plus propres que les miennes. Mais ils nous plongent dans un sommeil profond et nous n'en remarquons rien. Dis-toi bien qu'ils sont équipés pour ça. Le grand mirage est programmé. Pendant que nous sommes là à papoter, il s'accomplit déjà. Aussi, reste sur tes gardes ! Ne te laisse pas bourrer le mou ! Ils sont partout, m'entends-tu, partout. Et tout particulièrement ici. Là-dessus, l'inconnu balaya l'espace d'un geste ample et mystérieux que M. Faustini suivit du regard. Alors sois aux aguets ! martela l'homme, avant de lui tendre la main comme pour prendre congé de lui. M. Faustini voulut serrer la main de l'inconnu, mais celui-ci la retira prestement. Les commissures de ses lèvres furent agitées d'un léger tremblement, il étouffa un rire et lâcha : On n'est jamais trop prudent ! Ils sont partout ! Et nous n'en sommes qu'au début de nos peines avec eux. En tout cas, moi, ils ne m'auront plus. Plus jamais ! L'inconnu eut une petite toux sèche et se remit en route, descendant le cours du fleuve.

M. Faustini le regarda s'éloigner. C'était le risque à courir quand on se promenait en terrain dégagé : à tout moment, on pouvait faire une rencontre qui vous laissait complètement désarçonné. Le plus avisé était alors de poursuivre son chemin. À contre-courant du fleuve, afin que les engrenages de la mécanique intérieure se remettent à tourner. L'inconnu, bien qu'il suivît le fil de l'eau, était remué jusqu'au tréfonds de lui-même. Puisqu'il descendait le cours du fleuve, les rouages de sa mécanique n'auraient pourtant pas dû s'affoler. M. Faustini ne voulait surtout pas se laisser gagner par la fébrilité qui habitait l'homme. Elle était si vive qu'elle avait tôt fait de se transmettre à la première personne rencontrée, laquelle la communiquait à son voisin, et ainsi de suite, jusqu'à ce que tout le monde soit en proie à la plus grande confusion. Il ne lui restait qu'un remède : faire retraite en lui-même, aller contre le fil de l'eau, regarder autour de lui. Porter les yeux vers la Suisse, sur l'autre rive. Le fleuve pour sa part n'offrait qu'un bien maigre attrait. Il était certes impossible de ne pas le remarquer, mais on en avait corrigé le cours cent ans plus tôt, et c'est avec la rectitude d'une flèche qu'il courait à présent s'épancher dans le lac de Constance. Certes, il n'inondait plus de ses eaux Lustenau, ni les autres bourgades qui flanquaient la digue, mais la force qui émanait de lui s'était volatilisée. On aurait dit que les esprits du fleuve avaient à jamais disparu. De nos jours, songea M. Faustini, les esprits fluviaux s'établissent dans les petites rivières, qui ne roulent que des eaux peu abondantes. Les grands fleuves, les fleuves puissants, l'homme en a domestiqué la fougue. Aujourd'hui, les terres qui bordent les grands cours d'eau sont certes à l'abri d'éventuelles inondations, mais la vie les a désertées. M. Faustini se représentait en pensée ce que devait être le Rhin quand, voici plus de cent ans, déroulant ses méandres, il dévalait au printemps les pentes des montagnes, charriant l'eau de la fonte des neiges, et débordait ses rives. Au terme de la décrue, il subsistait ici et là d'immenses étendues marécageuses. Non, cela n'avait rien d'une vision idyllique. Mais l'image des lentes sinuosités de l'eau dans l'ombre des arbres, avec laquelle la petite rivière Leiblach l'avait familiarisé, était de celles qui lui élargissaient la poitrine. Le Rhin naissait tout en haut des montagnes. En route vers le

Tessin, il passerait non loin de l'endroit où il prenait sa source. Il pourrait donc en suivre le cours, comme il l'avait souhaité depuis toujours. Tiens-toi au plus près des fleuves, aimait-il à se répéter. Sans eux, le bonheur est impossible. Même si ce fleuve-ci n'était plus aujourd'hui qu'un canal convoyant ses eaux en ligne droite vers le lac, où s'accumulaient des milliers de tonnes de dépôts alluvionnaires qui conduiraient tôt ou tard au comblement de la nappe d'eau, à moins qu'on ne procède à une renaturation du Rhin. Mais de tout cela, M. Faustini n'avait cure pour le moment. D'autres problèmes lui occupaient l'esprit.

Entreprendre ce voyage lui était à la vérité une épreuve douloureuse. Il s'apprêtait à laisser derrière lui une maison inhabitée, un chat animé d'un grand besoin de tendresse et deux plantes en pot délicates qui, en cela semblables au félidé, n'avaient encore jamais été abandonnées à elles-mêmes. Mais il le fallait bien. Il n'avait qu'une sœur, après tout, et ce n'était pas tous les jours que celle-ci célébrait un anniversaire à chiffre rond. Il se creusa les méninges pour trouver une excuse, crut pouvoir exciper d'empêchements de premier ordre, mais aucun d'eux ne résistait à un examen approfondi. Un coup de froid soudain, peut-être ? Au fond, cela pouvait vous tomber dessus à tout moment. Allons donc, M. Faustini n'était jamais mal portant. Seules les personnes qui avaient quelqu'un pour prendre soin d'elles pouvaient se permettre d'être malades. Et, si le matou se frottait certes contre ses jambes avec une sollicitude aimante, il ne pouvait pas décemment faire office de garde-malade. À moins qu'il n'alléguât un rendez-vous impossible à remettre ? La sœur de M. Faustini savait pertinemment que les rendez-vous de cette nature n'existaient pas dans la vie de son frère. La notion même de rendez-vous en était d'ailleurs exclue. Lui faudrait-il invoquer quelque événement imprévisible, un accident, la crue du siècle au lac de Constance, un état d'urgence proclamé à la suite d'on ne savait quelle catastrophe (deux avions n'étaient-ils pas entrés en collision peu de temps auparavant, à l'autre extrémité du lac, leurs carlingues en miettes ne s'étaient-elles pas abattues sur le canton depuis une altitude de dix mille mètres, ce type d'incident n'était-il pas susceptible de frapper à tout moment la maison de M. Faustini, le laissant dans l'impossibilité de se rendre à l'anniversaire de sa sœur ?). Non, user de faux-fuyants de ce genre était inutile. Aucun d'eux ne résisterait au regard critique de sa sœur. Il était vain de s'entêter. Il lui faudrait entreprendre ce voyage.

M. Faustini avait suffisamment remonté le cours du fleuve. Il aspirait maintenant à goûter un peu de repos. Il rebroussa chemin, suivit la digue qui filait le long du Rhin, emprunta la direction opposée. Il remit ses pas dans les boucles encore visibles que ses empreintes avaient laissées dans le sol. Il lui semblait qu'il en renouait le fil, les reliait les unes aux autres, les refermait. Un dernier regard fugace vers la Suisse, sur la berge d'en face, comme s'il n'était plus du tout là. Et déjà le voici reparti vers les prairies d'aval, au gré des eaux au débit puissant, cheminant vers une paix retrouvée. Comme il descendait ainsi le fleuve, il allongea insensiblement le pas, son allure se fit aérienne, légère, c'était à peine s'il touchait encore terre.

14

Mme Gigele, qui vivait avec son époux dans la petite bicoque attenante à la maison de M. Faustini, regarda celui-ci avec un soupçon d'incrédulité quand il lui fit part de ses projets de voyage. Du plus loin qu'elle se souvînt, il n'avait en effet jamais quitté son chez-soi. Mais enfin elle était toute disposée à donner sa pâtée au matou pendant son absence, ainsi qu'à arroser tous les deux jours les plantes en pot délicates. Ce fut donc une affaire réglée. M. Faustini fut stupéfait de voir à quelle vitesse il avait bouclé ses bagages. N'ayant aucunement l'habitude de voyager, il n'avait, il est vrai, pas la plus petite idée de ce qu'il convenait d'emporter, aussi ne casa-t-il dans son sac de voyage que le plus strict nécessaire. Encore fallait-il s'entendre sur ce que recouvrait l'expression « strict nécessaire », les avis divergeant grandement à ce sujet en fonction des personnes interrogées. Le principal était en tout cas qu'il n'oubliât pas la crème de modelage du corps destinée à sa sœur. Le reste était accessoire.

M. Faustini avait beau être familiarisé avec l'indicateur des chemins de fer, il n'avait encore jamais eu l'occasion de consulter les horaires des trains internationaux. Il appela donc la gare pour se renseigner au sujet des liaisons ferroviaires pour Ascona. Oui, Ascona. En Suisse. La célérité avec laquelle l'opération s'accomplit laissa pantois M. Faustini. Il imaginait déjà l'aimable dame préposée aux renseignements en train de lisser les pages de son indicateur, alors qu'en réalité celle-ci se contentait de saisir le toponyme *Ascona* dans son ordinateur, où étaient recensées toutes les lignes ferroviaires et les possibles correspondances, ainsi que les numéros de quai le cas échéant. Bregenz-Zurich (trente minutes d'attente), Zurich-Bellinzone, Bellinzone-

Locarno, de là prendre la correspondance par autocar pour Ascona Posta, et le tour était joué. N'y avait-il donc pas de gare ferroviaire à Ascona ? Non, il n'y en avait pas, comme le lui apprit à l'autre bout du fil Madame Judith Robatscher, laquelle s'était présentée sous ses nom et prénom avant de lui demander : Que puis-je faire pour vous ? C'était à croire qu'on ne l'appelait pas seulement, d'ordinaire, pour obtenir d'elle des informations sur les horaires de train. Et dans la totalité des cas l'itinéraire le plus rapide d'un lieu à un autre. M. Faustini souhaitait quant à lui en savoir davantage. Et ce n'était pas seulement cela : il avait son idée à lui. Les préposés aux renseignements de l'Office des chemins de fer d'Autriche avaient reçu une formation. Au terme d'un temps d'attente tout à fait raisonnable, qu'on s'était efforcé d'écourter en diffusant au client un morceau de musique, puis une annonce, puis encore de la musique, avant de lui enjoindre de prendre son mal en patience, de lui assurer enfin que son tour viendrait sitôt qu'une ligne se libérerait, au terme d'un temps d'attente tout à fait raisonnable, donc, Mme Judith Robatscher s'était soudain manifestée, avant de décliner ses nom et prénom et de lui demander : Que puis-je faire pour vous ? M. Faustini, naturellement, se présenta à son tour. Faustini, bafouilla-t-il avant de chasser un chat de sa gorge. Il ne s'attendait pas à être contraint de divulguer son identité aux services de renseignements de la gare. Mais tant mieux, au fond, pensa-t-il. Que Mme Robatscher sache à quel voyageur elle a affaire. Une fois qu'il se serait ouvert à elle de ses velléités de départ, il ne lui serait plus possible de faire machine arrière. M. Faustini voulut savoir s'il existait un itinéraire direct vers le sud. Pareil à ces marchands qui, pendant des siècles, avaient, ménageant une escale à Coire, emprunté la gorge de la Via Mala – de sinistre réputation –, pour monter vers le col du San Bernardino, avant de descendre les flancs en à-pic de la vallée où était nichée Bellinzone, il souhaitait mettre le cap droit vers le sud, depuis Bregenz. Les marchands n'avaient du reste pas l'exclusivité du parcours. Pendant des siècles, des cohortes et des cohortes de mercenaires étaient passées par Coire avant de s'enfoncer dans les profondeurs de la Via Mala et de gagner les hauteurs escarpées du San Bernardino. C'est à prix d'or que les condottieres s'attachaient les services de ces hommes de guerre armés de longues piques. M. Faustini demanda à Mme Judith Robatscher s'il existait une liaison ferroviaire pour Ascona via Coire. Elle lui répondit qu'il existait bien une liaison Bregenz-Coire avec changement à Sankt Margrethen. Une fois à Coire, emprunter la correspondance par autocar pour Bellinzone. De là prendre le train desservant Locarno. À Locarno, sauter dans le car qui rallierait Ascona Posta au terme d'un trajet de dix minutes à peine. En choisissant cet itinéraire, la durée totale du voyage s'élevait à plus de dix heures. M. Faustini annonça à Mme Judith Robatscher qu'il choisissait dans ce cas cet itinéraire. Elle lui fit observer qu'en prenant l'autre trajet, il ne lui aurait fallu que six heures pour rejoindre Ascona. Ce qui représentait un gain de temps de quatre heures au minimum. M. Faustini demanda à Mme Judith Robatscher comment elle aurait employé, à titre personnel, les quatre heures ainsi économisées. Eh bien, ma foi, repartit-elle, elle les eût employées, à titre personnel, à faire un peu de lèche-vitrines. Ou à assister à une séance de cinéma. Vous voyez ce que je veux dire, fit-elle. M. Faustini comprenait très bien. Flâner au hasard des rues était une discipline dans laquelle il était lui-même passé maître. Jamais encore, cependant, il ne s'y était adonné dans une ville qui lui était parfaitement étrangère. Cela pouvait prendre à la vérité une tournure imprévisible. Qu'arriverait-il en effet si M. Faustini, après avoir déambulé pendant quatre heures dans la ville de Bellinzone ou dans celle de Coire, ne parvenait plus à détacher ses yeux d'une quelconque vitrine, que ce fût celle d'une boutique de confection pour hommes, d'un magasin d'électroménager, voire d'un commerce de produits cosmétiques, domaine dans lequel il possédait à présent, en raison de l'anniversaire de sa sœur, et presque malgré lui, quelques vacillantes lumières ? Si M. Faustini devait rester ainsi en arrêt devant une vitrine, ce ne serait certes pas parce qu'il brûlait d'envie de posséder tous les articles offerts à sa convoitise. Non, c'était bien plutôt qu'un désir dont il n'avait qu'à demi conscience le poussait à ne pas lâcher ces objets avant de les avoir soumis intérieurement à une sorte de tri, qui en assurerait à peu près la préservation. Ne jugez-vous pas en effet, Mme Robatscher, demanda M. Faustini, que même les choses en apparence les plus inertes renferment en elles le désir d'être mises à l'abri au sein d'un ordre intérieur ? Mme Judith Robatscher garda le silence le temps d'une respiration, puis d'une autre respiration, puis d'une troisième. M. Faustini tapota sur l'écouteur du téléphone. Peut-être que la communication venait d'être interrompue. Mme Judith Robatscher, dit M. Faustini, êtes-vous toujours en ligne ? Mais oui, répondit-elle. Sa voix, rompant le silence, lui parut monter des profondeurs de l'un de ces gouffres glacés où nous nous réfugierions bien volontiers par les journées d'accablante chaleur, si toutefois nous en avions un à portée de main. Mais, par les journées brûlantes, ces gouffres de fraîcheur font la plupart du temps défaut. Vous prendrez donc l'autocar au départ de Coire et à destination de Bellinzone, n'est-ce pas ? s'assura Mme Judith Robatscher. C'est cela, répondit M. Faustini. Car voyez-vous, Mme Robatscher, les quatre heures que je passerai à bord de ce véhicule, entre ciel et terre, les yeux braqués sur les montagnes froides, ce ne seront pas des heures perdues. Au contraire. Ces heures-là peuvent revêtir quelque chose d'incomparable. En particulier quand on ne sait plus vraiment où l'on se trouve. Cette ignorance du lieu précis où nous sommes est du reste la condition préalable et nécessaire pour connaître des heures incomparables. Et vous pouvez en croire, Mme Robatscher, un homme qui à la vérité ne part jamais en voyage, mais ne cesse cependant pas de voyager, si toutefois on peut désigner sous le nom de voyage les déplacements au sein d'un espace extrêmement réduit. Oui, je suis un voyageur à l'échelle du minuscule, Mme Judith Robatscher, et par passion. Tous les jours, je prends le départ, mais le périmètre de mes sorties est si modeste que nul ne s'aperçoit que j'ai une fois encore voyagé. Notez qu'il n'y aurait de toute façon personne pour remarquer que je suis parti, à l'exception de mon chat et de ma voisine, Mme Gigele. Mais demain je m'en vais en voyage pour de bon. Direction Ascona, où je dois assister à l'anniversaire de ma sœur. Je n'ai que trop longtemps différé ce voyage, il me faut partir à présent. Voilà des années que je fais lanterner ma sœur. Ce n'est plus le moment de se défiler. Qu'en pensez-vous, Mme Judith Robatscher ? Elle lui répondit qu'elle n'avait, pour être honnête, aucune opinion à ce sujet. Sa tâche, jusqu'à ce jour, s'était limitée à transmettre aux voyageurs des informations relatives aux horaires. Et vous épanouissez-vous dans la transmission aux voyageurs d'informations relatives aux horaires ? demanda M. Faustini. L'emploi de préposée aux renseignements ferroviaires en valait bien un autre, jugea Mme Robatscher. Il fallait bien que quelqu'un se chargeât de ce travail, étant donné que la fonction ne pouvait être entièrement assurée par des systèmes informatiques. Le client avait besoin d'un contact humain. Et c'est à cela qu'elle avait été formée. J'espère ne pas vous avoir embarrassée avec ma petite question, Mme Robatscher, dit M. Faustini. Veuillez me pardonner mon indiscrétion. Judith Robatscher lui assura qu'il n'en était rien. Tout au contraire. Elle jugeait extrêmement intéressant d'avoir enfin au bout du fil un interlocuteur dont le souhait n'était pas de connaître l'itinéraire le plus rapide d'un lieu à un autre. À ce jour, cela ne lui était encore jamais arrivé.

M. Faustini remercia Mme Judith Robatscher de la précision de ses renseignements, prit congé d'elle et raccrocha. Il avait maintenant bien mérité un Fernet-Branca. Car après tout le voyage prenait enfin un tour concret. M. Faustini s'émerveillait de sa propre audace. Et comme il aurait été dommage de s'arrêter en si bon chemin, un Fernet-Branca était tout indiqué. La chaleur de l'alcool se répandit dans sa gorge. C'est à cet instant que M. Faustini s'aperçut qu'il venait d'abrutir de paroles Mme Judith Robatscher. N'aurait-il pas fallu qu'il la rappelle, pour lui expliquer qu'en règle générale il ne se montrait pas aussi bavard ? Il se servit encore un Fernet-Branca et le but à la santé de Judith Robatscher.

15

Les choses ne traînèrent pas. À peine M. Faustini eut-il foulé le quai de la gare – il avait fait à Mme Gigele la promesse qu'il serait de retour trois jours plus tard, avant de l'exhorter à renouveler régulièrement la coupelle d'eau du chat, sur quoi Mme Gigele, lui assurant qu'elle pourvoirait à tout, l'avait invité à prolonger en toute quiétude son séjour, pour une fois qu'il partait en voyage – qu'il était déjà installé dans le train, où flottait une tout autre odeur qu'à bord des petits trains d'intérêt local. Quoi de plus naturel, d'ailleurs, puisqu'il s'agissait d'un train suisse. M. Faustini, chahuté dans ses habitudes, vit se déployer selon des perspectives nouvelles un paysage qui lui était inconnu. Sankt Margrethen-Coire : l'obscurité s'épaississait déjà quand, laissant à main gauche la principauté de Liechtenstein, ils s'avancèrent vers les montagnes qui dressaient devant eux leur muraille. Le train atteignit la gare de Coire avec une vitesse stupéfiante. M. Faustini n'eut pas le loisir d'arpenter les rues de la ville, l'autocar l'attendant déjà. La Via Mala se montra à la hauteur de sa réputation lugubre. La gorge était à ce point étroite et encaissée que M. Faustini posa des yeux admiratifs sur la route qui s'y faufilait comme à travers le chas d'une aiguille. À la vérité, c'est avant tout aux hommes qui avaient bâti cette route qu'allait son admiration, et il avait sous les yeux des gravures anciennes où des fardiers tirés par des chevaux gravissaient la voie ménagée à flanc de rocaille et qui surmontait un abîme. M. Faustini s'agrippait à la poignée du siège de devant. Droit comme un cierge, il sentait son étonnement croître à mesure que l'autocar s'enfonçait dans les montagnes. Quand ils eurent quitté la gorge de Via Mala, ce fut comme si l'on venait d'écarter les pans d'un lourd rideau. Tandis que le car gagnait peu à peu de l'altitude, M. Faustini se laissait baigner par une lumière tout autre, dont l'intensité allait croissant. Une fois à la hauteur du col, la clarté en devint si vive qu'il lui sembla qu'elle ruisselait comme un souffle sur son front. Déjà ses regards volaient en éclaireurs droit vers le sud. Pour la première fois de sa vie, M. Faustini ressentit l'appel puissant des horizons lointains, qui lui parurent en cet instant plus séduisants que tout ce qu'il avait pu voir jusqu'alors. Le car passa devant un hôtel au pied duquel se tenait, assis sur un banc, le célèbre homme des montagnes qui vantait à la télévision suisse les mérites du chocolat local. Sur ces hauteurs, dans une lumière limpide, M. Faustini n'aurait pas été autrement étonné de voir le légendaire Jürg Jenatsch gravir les pentes de la montagne, et il alla jusqu'à saluer en pensée, comme s'il était une vieille connaissance, ce bon Guillaume Tell qui passait justement, l'arbalète jetée sur l'épaule. Mais déjà l'autocar, décrivant de tortueux lacets, descendait les versants abrupts en direction de la vallée, qu'éclairait une lumière d'une incomparable pureté. On aurait dit qu'elle émanait de l'intérieur des choses. Les couleurs brillaient d'un éclat si vif que M. Faustini, écarquillant les yeux, regretta de ne pas avoir emporté de lunettes de soleil. Des lunettes de soleil? Qui, dans le pays de M. Faustini, pouvait avoir besoin de ce genre d'objets? Sa dernière paire de lunettes de soleil remontait à de nombreuses années. C'était à l'occasion d'un séjour aux sports d'hiver. La réverbération de la neige était si agressive qu'il en avait eu mal aux yeux, aussi avait-il fait l'acquisition d'une paire de lunettes de soleil. C'était donc si ancien? Et que s'était-il passé dans l'intervalle? M. Faustini, à la pensée des années qui venaient de s'écouler à folle allure, fut parcouru d'un frisson. Elles avaient passé si vite, une journée après l'autre, qu'il ne s'en était même pas aperçu. C'était comme si aucune d'elles n'avait existé. Mais à présent, dans cet autocar brinquebalant qui cheminait sans se presser, il semblait à M. Faustini que la grande roue tournait à l'envers. Dans ce mouvement contraire, des espaces intermédiaires s'ouvraient à lui, et l'étau du sens se desserrait peu à peu.

Seuls les espaces intermédiaires avaient une dimension. Ils nous frayaient le chemin vers un temps accompli. Aujourd'hui, tout était sommé de faire sens. Mais dans la marche à pied, dans la lenteur cahotante d'un trajet en autocar, et par-dessus tout dans l'attente, les choses se dépouillaient de leur sens comme les feuilles mortes tombent des arbres. De nos jours, tout était lesté de sens, et il s'agissait de s'affranchir de cette pesanteur. Le sens était produit par la vitesse, qui paraissait être devenue une valeur en soi. Qui disait vitesse, disait avant toute chose turn-over accéléré des marchandises. Et qui disait turn-over accéléré des marchandises, disait avant toute chose réduction drastique de l'air respirable. Dès lors que le moindre souffle d'air nous était compté, nos vies se ratatinaient peu à peu, bientôt comme écrasées sous les roues de nos Audi et de nos BMW flambant neuves. Le Sens, tel était le flux qui pulsait dans la courbe du Temps, mettait sous haute pression la plus petite minute de nos vies, jusqu'à l'instant où chacun d'entre nous finissait par tourner en rond, cavalant à la recherche de lui-même. Cette fuite éperdue survenait quand plus rien ne coulait de source, quand le moindre vide devait être sentencieusement bouché, le moindre temps mort éradiqué, quand toute signification était parvenue à elle-même. Plus rien n'allait de soi, chaque lacune devait être à tout prix comblée, comme avaient été enfin comblées par des bâtiments, avant d'être intégrées à la circulation générale des marchandises et des fonds, les dernières prairies anciennes de la vallée du Rhin, qu'il venait justement de laisser derrière lui, avec leurs pommiers et leurs cabanes en planches. M. Faustini se perdait en digressions, c'était incontestable. Mais n'était-ce pas le privilège du voyageur que de vagabonder par la pensée? Le voyage n'était-il pas, avec l'attente, l'une des dernières possibilités de laisser son esprit battre la campagne? L'attente faisait aujourd'hui figure de temps mort, elle n'était qu'un vide de plus à combler. Déjà, d'un trait de crayon rageur, on faisait un sort à ces lacunes de l'espace et du temps. M. Faustini, calé dans son siège, s'abandonnait à l'attente, avec la certitude d'avoir la pleine jouissance d'un bien précieux, d'un temps sans maître, d'un temps vacant, dont nul n'avait l'emploi, sinon lui. Les minutes qui menaient leur ronde autour de lui le remplissaient d'une profonde satisfaction. Qui pouvait se vanter d'avoir le bonheur de se consacrer de tout son être au vide, comme il le faisait en cet instant, d'être un brigand qui accumulait en fraude des réserves de temps vacant, les couvait jalousement, s'en nourrissait jusqu'à la plus complète satiété ?

16

Quand M. Faustini descendit de l'autocar, à Bellinzone, il était comme hébété. Bellinzone. Le mot avait à son oreille une résonance familière, quoique lointaine. C'était comme s'il l'avait déjà entendu en rêve. Bellinzone. Une ville affublée de ce nom n'était-elle pas riche de mille promesses ? M. Faustini n'eut cependant pas le temps d'admirer les palmiers, car le train à destination de Locarno était à quai. Au bord des voies, il glana en passant d'innombrables et fugitives beautés. Après quelques respirations émues, les faubourgs de Locarno s'annonçaient déjà. Le car l'attendait sur le parvis de la gare. Au loin le lac était piqueté de voiles blanches. Le souffle qui montait de ses eaux d'un bleu profond lui effleurait le visage avec tant de force qu'il se sentit comme suffoqué de bonheur. M. Faustini pressentait confusément que se cachait derrière le mot *voyage*, pour anodin qu'il fût, une succession sans fin d'impressions propres à vous soulever le cœur, et susceptibles de vous procurer des sensations fortes comme vous n'en aviez jamais connu encore. Les portes du car s'ouvrirent en soupirant. Ascona Posta. M. Faustini mit pied à terre, le regard ébloui. Des effluves chauds et sucrés lui montèrent aussitôt aux narines. Le monde exhalait ici un parfum si doux qu'il ne put se défendre de fermer les yeux un instant. Une main lui effleura légèrement l'épaule. M. Faustini rouvrit les paupières. Sa sœur se tenait devant lui, les yeux d'un bleu aussi profond que le lac. Elle le gratifia d'une tape sur l'épaule en témoignage d'admiration. C'est qu'il venait de faire preuve de la plus extraordinaire des audaces : il était ici. Un bref trajet les mena sur les hauteurs de la ville. La maison de sa sœur coiffait une colline d'où le regard plongeait vers le lac Majeur, qui se déployait dans toute sa majesté. M. Faustini se laissa conduire dans une pièce à la fenêtre de laquelle s'épanouissait un rosier grimpant. Ce serait là sa chambre, pendant tout le temps de son séjour. Sa sœur lui montra la salle de bains et désigna d'un geste les serviettes. Fais donc un brin de toilette, lui dit-elle, sur quoi elle le laissa seul. M. Faustini en fut touché. Au reste tout avait ici la faculté de le toucher, et la vue dont on jouissait sur les alentours, à travers l'entrelacs des rosiers, suffisait à le transporter d'émotion. Tant de beauté le prenait au dépourvu. Des splendeurs si généreusement dispensées revêtaient presque quelque chose d'inquiétant. M. Faustini eut un sourire amusé. Et après ? Il attendait le danger de pied ferme ! À compter de ce jour, il ne vivrait plus que dangereusement.

Quand il pénétra dans le salon, sa sœur n'y était pas seule. Sur un canapé blanc était installée une dame que la sœur de M. Faustini lui présenta comme étant sa plus chère amie, Luna. Madame Luna arborait une robe semée de fleurs resplendissantes aux corolles si largement épanouies qu'on avait toutes les peines à distinguer sous ce foisonnement végétal les contours de son corps. Le canapé blanc était à ce point recouvert par les fleurs immenses de sa robe qu'il n'en subsistait presque plus rien. M. Faustini dut accomplir sur lui-même le plus grand effort pour ne pas passer le reste de la journée à contempler avec des yeux figés la robe à fleurs de Madame Luna. Quand il sentit la main de cette dernière se glisser dans la sienne, des images rehaussées d'un arôme de cannelle passèrent sous ses yeux. Voilà pourtant des éternités qu'il n'avait plus goûté à cette épice. Il émanait des rondeurs profuses de Luna un charme puissant qui l'attirait tout crûment vers le milieu de son corps. Le regard de Madame Luna était chaud, mais d'une chaleur qui rappelait à M. Faustini la douceur ineffable et poisseuse de ces résines végétales au moyen desquelles certaines variétés de plantes attachent indissolublement, jusqu'au terme de leur brève existence, ceux qui en admirent la beauté. Madame Luna tenait encore sa main dans la sienne, qu'il lui fallait déjà lutter au plus profond de lui-même contre des images dont l'origine lui demeurait trouble. Il se voyait en effet couché au côté de cette femme inconnue sur l'un de ces larges canapés en corbeille qu'on parait autrefois du nom d'*ottomane.* Aux poignets de Luna tintaient des bracelets dorés qui semblaient scander les premières mesures d'une danse du ventre, cependant qu'elle lui mettait dans la bouche des grappes de raisin charnues qu'il dévorait sans opposer de résistance. Il avait chaud, terriblement chaud. Dans cette vision, il était vêtu d'un sarouel dont l'étoffe lui collait à la peau des cuisses. D'un geste maladroit, il retira sa main.

Madame Luna est une artiste-peintre de grand talent, déclara sa sœur. Chez elle, c'est un don parmi bien d'autres. Mais tu pourras te rendre compte de tout cela par toi-même. Ah, je suis si heureuse de vous avoir présentés l'un à l'autre.

Votre sœur m'a beaucoup parlé de vous, très cher, dit Madame Luna. À l'idée de vous rencontrer, je ne me tenais plus d'impatience.

M. Faustini s'inclina avec raideur, comme vers un gymnase vide. Il entendit s'échapper de ses lèvres les mots suivants : Tout le plaisir est pour moi. Au même instant, il lui vint à l'esprit qu'il aurait bien mieux valu offrir la crème de modelage du corps à Madame Luna. Sa sœur avait conservé quant à elle sa taille fine de jeune fille, ce qu'elle devait certainement à une fréquentation assidue de la salle de remise en forme locale.

La sœur de M. Faustini leur servit le café et deux parts de gâteau. Sache bien, ma chère Luna, que mon frère est un véritable joyau, dit-elle. Le tout est d'apprendre à le regarder sous le jour le plus avantageux. Les premiers jalons sont en tout cas posés. Eh bien, qu'en penses-tu, mon cher ? La sœur de M. Faustini était une personne charmante. Il en convenait lui-même sans peine. Par le passé, ils s'étaient toujours entendus à merveille. Et quand, suivant son mari, elle était partie s'installer à l'étranger, l'univers de M. Faustini en avait perdu un peu de sa richesse. Mais à présent, dans sa demeure avec vue sur le lac Majeur, au cœur de ce salon blanc où, attablée devant un café et des gâteaux, elle voisinait avec une Luna drapée dans des étoffes chamarrées, sa sœur n'était plus aux yeux de M. Faustini qu'une inconnue.

Luna peint ses tableaux en s'inspirant d'œuvres musicales. N'est-ce pas, Luna ?

Mes peintures sont de la musique transmuée en couleurs, dit Madame Luna. Il est tout à fait exact que je ne peins jamais sans accompagnement musical. Tenez, ainsi, la semaine dernière, j'ai mis la dernière main à mon *Lohengrin*. Ce fut comme une ivresse. Mais qu'est-ce que je raconte : *c'était* une ivresse ! Aimez-vous Wagner, M. Faustini ?

M. Faustini venait d'enfourner une bouchée de gâteau. Soucieux de gagner du temps, il se composa du mieux qu'il put un sourire engageant. Même lorsqu'il déglutit, il s'efforça de ne pas s'en départir.

Mais bien sûr, que vous aimez Wagner. On ne peut d'ailleurs que l'apprécier, dès lors qu'on a entendu le vrai Wagner. Et il n'y a qu'à Bayreuth qu'il nous est donné d'entendre le vrai Wagner. Je me rends là-bas tous les ans. Connaissez-vous Bayreuth ?

M. Faustini, fourbissant une réponse, avança les lèvres en cul-de-poule.

Votre sœur m'a fait la promesse de m'accompagner cette année. Quel immense bonheur ce serait pour moi, si nous pouvions aller écouter tous les trois le vrai Wagner !

Madame Luna engloutit une bouchée de gâteau.

Je me réjouis à l'idée de te présenter à mes hôtes ce soir, observa la sœur de M. Faustini. Ils en brûlent tous d'impatience. Depuis le temps que je leur parle de toi, et qu'ils me tannent pour que je leur présente mon frère… J'avoue que j'avais fini moi-même par me demander si j'avais encore un frère.

17

La fête fut un succès. Deux messieurs jouèrent du saxophone et de la guitare, et quatre dames, dont Luna, entonnèrent en l'honneur de la sœur de M. Faustini des chansons telles que *Yellow Submarine* et *When I'm Sixty-Four*. Trois des quatre dames avaient des cheveux gris, coupés courts, et, lorsqu'elles balancèrent la tête en cadence, au rythme de la musique, l'image de quatre taupes s'imposa un bref instant à l'esprit de M. Faustini. Vite, il secoua la tête pour dissiper cette vision. Après chaque morceau, des applaudissements nourris.

Une fois que les quatre dames eurent achevé leur récital, qu'on eut sacrifié aux embrassades de rigueur, la sœur de M. Faustini se campa devant ses hôtes, écrasant quelques larmes au coin de ses yeux. Elle remercia ses amies avec chaleur. Elle tenait maintenant à présenter solennellement à chacun d'eux son frère, lequel, pour la première fois depuis qu'elle avait emménagé à Ascona, avait accompli le trajet pour lui rendre visite. D'un geste, elle invita M. Faustini à s'approcher. Les genoux flageolants, celui-ci attrapa la main que lui tendait sa sœur et se présenta aux invités. Il eut pour chacun un sourire humble et gêné, comme il avait vu le faire, à la télévision, les personnes à qui l'on remettait quelque distinction honorifique.

Une fois accompli ce rude effort, il partit en quête d'un rafraîchissement. Comme il mettait le cap sur le bar du salon, il vit s'avancer vers lui une jeune femme rayonnante aux yeux étincelants, qui se donna pour être sa nièce, Iris. M. Faustini en fut comme terrassé. Le geste qu'elle eut de glisser sa main dans la sienne raviva en lui le souvenir de cet instant de bonheur qu'elle lui avait autrefois prodigué. M. Faustini n'en était pas moins partagé. Il y avait d'un côté la confiance muette et sereine que lui témoignait cette main, qui reposait au creux de la sienne comme si c'était là sa place attitrée. Mais il avait en même temps sous les yeux un beau brin de fille, une femme du monde qui, le détaillant du regard, cherchait à retrouver en lui son oncle, et n'avait plus devant elle qu'un homme parfaitement inconnu. M. Faustini retint entre ses doigts la main de sa nièce, peut-être plus longtemps qu'il n'était convenable, mais il lui sembla que la jeune personne n'y répondait pas défavorablement. Dans sa poitrine, il sentait des forces nouvelles se mobiliser pour passer à la vitesse supérieure. Il resta planté là, le visage empourpré, incapable de détacher ses yeux de la belle Iris, lui souffla d'une voix balbutiante qu'il était ravi de la revoir – mon Dieu, cela remontait à si loin –, lui demanda comment se passait sa vie à Boston, où elle était étudiante en musicologie au Berklee College. Il aurait été incapable de restituer la teneur des propos que sa nièce lui tint ce jour-là. Il entendit certes très distinctement chacune de ses paroles, mais il lui était difficile de les relier les unes aux autres pour former un tout cohérent, tant il était stupéfait de voir combien la petite fille qui avait glissé autrefois sa main dans la sienne s'était métamorphosée. Sa sœur avait une chance inouïe d'avoir une fille comme Iris. Elle devait être la plus heureuse des femmes. Et tandis qu'il devisait encore avec sa nièce, il sentit s'ouvrir en lui un abîme de solitude, un gouffre qui devait le guetter perfidement depuis des années, sans qu'il s'en fût jamais aperçu. Tout était manqué. Sa vie n'avait été qu'une erreur. Tel était le discours que lui tenait la main de cet être merveilleux qu'était sa jeune nièce. Son existence était l'illustration de l'égoïsme le plus forcené. Comment avait-il pu vivre jusqu'à ce jour comme si rien ni personne n'existait au monde, hormis lui-même ? Et son chat. La vie elle-même comptait plus que tout, elle était notre bien le plus noble et le plus précieux, et voilà qu'il tenait à présent entre ses doigts cette vie elle-même, le plus grand des trésors, et lui n'était en comparaison qu'un misérable vermisseau. Bien des années plus tôt, M. Faustini avait caressé l'idée d'adopter un enfant. Il s'était même renseigné sur les formalités à accomplir. Il était impossible à un homme célibataire d'adopter un enfant, lui avait-on assuré. Il aurait fallu pour cela qu'il eût une compagne. Les deux conjoints devaient avoir en outre au moins dix-huit ans de plus que l'adopté, et mener une existence réglée. À l'époque, il n'avait pas osé demander ce que l'organisme d'adoption entendait par *mener une existence réglée*. Oui, tout était manqué, dès lors qu'on ne se consacrait pas corps et âme à la vie, qu'on ne se vouait pas tout entier à un être exceptionnel, comme sa sœur s'était vouée tout entière à sa fille Iris. Il n'était jamais, lui qui n'avait pas eu d'enfant, qu'une case vide de l'existence. Le fossé qui s'était ouvert en lui était d'une épouvantable noirceur, et il ne se refermerait jamais plus.

M. Faustini, détournant les yeux, bredouilla à Iris quelques mots d'excuse et décampa. Il ne lui offrirait pas plus longtemps, lui, son oncle perpétuellement absent, le spectacle de son incurable vacuité. Il se rendit dans sa chambre, où il resta de longs moments à fixer un oreiller qui n'était pas le sien.

La soirée était déjà avancée quand M. Faustini trouva l'occasion de remettre discrètement à sa sœur son cadeau d'anniversaire. Elle jeta un regard à la crème de modelage du corps et s'exclama : Sais-tu que tu m'étonnes, parfois, mon très cher frère ? Puis elle l'embrassa.

Là-dessus M. Faustini se rendit au buffet et se saisit d'une coupe de mousseux. À l'instant où il se retourna, Madame Luna lui faisait face. Sous des voiles aux motifs bigarrés, la proue d'une opulente poitrine pointait droit vers lui.

Que diriez-vous de faire un saut à mon atelier, demain ? J'y passe tous mes après-midi. J'ai l'intention de m'atteler aux *Maîtres chanteurs*. J'attacherais un grand prix à ce que vous veniez. Car si j'en crois la singulière complicité que j'ai ressentie entre nous dès le premier instant…

M. Faustini reprit une grande gorgée de mousseux et afficha une mine quelque peu perplexe.

Demain, c'est entendu, trancha-t-elle. Quatorze heures, cela vous conviendrait-il ?

À la vérité, tout autre horaire aurait aussi bien convenu à M. Faustini. Il acquiesça d'un hochement de tête et alla chercher encore deux coupes de mousseux au buffet. Avec une petite bouffée de chaleur, Madame Luna le remercia, puis elle vida d'un trait son verre à demi plein.

18

Il y avait peu de temps encore, se réveiller dans un lit inconnu eût été inconcevable pour M. Faustini. C'était à présent une réalité. Il n'en revenait pas de voir à quel point il avait bien dormi. Et pourtant, tout dans cette chambre lui laissait une impression d'étrangeté, depuis l'odeur des draps de lit jusqu'à la lumière aveuglante qui filtrait par les interstices des rideaux. M. Faustini s'apprêta à se lever pour aller préparer sa pâtée au chat. Il lui revint alors à l'esprit que c'était Mme Gigele qui s'en chargerait à présent, aussi n'avait-il pas la plus petite raison de se lever. Mais n'éprouvait-il pas plutôt une pointe de curiosité ? Le désir de découvrir, par exemple, le spectacle que pouvait offrir le lac aux premières heures du matin ? Il sauta hors de son lit, écarta les rideaux, fut aussitôt ébloui. Une beauté dispensée avec tant de munificence était-elle supportable pour nos yeux ? À moins de cinq coudées de la fenêtre, un agave laissait fuser sa hampe que parait une éphémère et unique floraison. Les couleurs intenses du Sud chaviraient le regard. Il allait lui falloir apprendre à savourer ces joies à petite dose, songea-t-il. Mais ne courait-on pas le risque de s'y accoutumer ? Nos sensations ne s'émoussaient-elles pas, une beauté contemplée tous les jours ne finissait-elle pas par nous paraître normale ?

Une fois faite sa toilette du matin, M. Faustini s'habilla. Quand il s'avança sur la terrasse, clignant des yeux au grand soleil, la bonne était occupée à y dresser la table du petit-déjeuner. Si M. Faustini, lors de la fête, n'avait fait que croiser le mari de sa sœur – celui-ci lui avait laconiquement demandé, par pure convention et sur le plus indifférent des tons, comment il se portait, sur quoi M. Faustini s'était fendu d'une réponse non moins laconique avant de lui retourner sa question –, il ne lui était plus possible maintenant de se soustraire à une discussion plus poussée avec le médecin-chef, expert en chirurgie plastique. Il était après tout le maître de maison, M. Faustini son hôte, aussi était-il juste que celui-ci consentît à un brin de conversation. Le regard avec lequel son beau-frère l'accueillit sur la terrasse suffit à lui faire perdre tous ses moyens. Il y avait dans ce regard une supériorité forgée au fil des ans et induite par son métier, que rien ni personne ne semblait pouvoir ébranler, et à quoi s'associait une morgue où se lisait un dédain tout personnel à l'égard de son vis-à-vis, quel que fût celui-ci, dès lors qu'il n'était pas membre du club de golf où son beau-frère occupait d'importantes fonctions, ou l'un des notables du Lions Club, ou quelque personnalité influente du canton. M. Faustini, chaussant un instant les lunettes de son beau-frère, se vit lui-même sous les traits d'un raté. Il lui délivra cependant l'absolution pour cette image. Dans l'univers où évoluait son beau-frère, quelqu'un comme M. Faustini ne pouvait, en effet, que faire figure de raté, et c'est à bon droit qu'on le tenait pour quantité négligeable. Après un bref bonjour et quelques instants de silence embarrassé, le maître de céans annonça à M. Faustini qu'à son grand regret il lui fallait rejoindre déjà la clinique. Il lui souhaita une excellente journée, tout en composant sur son téléphone portable un numéro. En attendant que son interlocuteur décrochât, il fit entendre comme à son habitude de petits claquements de langue.

Le petit-déjeuner pris en compagnie de la maîtresse de maison se déroula au contraire de la plus délicieuse des façons. Frère et sœur se remémorèrent des épisodes de leur enfance, et l'atmosphère fut à la franche gaieté. Lorsque M. Faustini fit à sa sœur le récit de ce jour où leur voisin, un fermier, les avait surpris tous les deux dans son champ de maïs en train de dévorer à belles dents les épis, celle-ci dut s'accrocher à son épaule pour réprimer un fou rire, ce qui fit à M. Faustini le plus grand bien, car il y vit la démonstration que les barrières qu'imposait à sa sœur le rang qu'elle occupait dans la société pouvaient être aisément franchies, et que leur complicité ancienne était restaurée. À l'instant où la bonne leur servit un Bellini agrémenté de purée de pêches blanches, délice dont M. Faustini se régalait ici pour la première fois, sa nièce Iris fit son entrée sur la terrasse, le corps bruni par le soleil. Elle était déjà allée faire quelques brasses dans le lac, leur annonça-t-elle, l'eau était limpide et d'une merveilleuse fraîcheur, et M. Faustini, à la vue de la jeune femme, ressentit un si profond bien-être qu'il se retint de ne pas pousser un soupir d'aise. Elle tendit une fois encore vers lui sa main chaude et sereine, avec un naturel qui suffit à son bonheur. Bonté divine, dire qu'il serait passé à côté de tout cela, s'il n'avait pas entrepris ce voyage ! Il serait resté à tout jamais un âne bâté, et n'aurait rien su de la force qui pouvait émaner d'un simple sourire qu'on vous adressait à la table du petit-déjeuner. Comme les heures passées en compagnie d'êtres charmants pouvaient être légères, et comme elles étaient vite enfuies ! Cependant que M. Faustini, contemplant les yeux très vifs d'Iris, prêtait l'oreille à ses récits de la vie à Boston, il formulait au plus profond de lui-même le souhait que cet instant pût se prolonger. Il sentait qu'il devait changer le cours de sa vie, il ne devait pas être trop tard pour cela. Il ne lui restait plus qu'à trouver comment.

19

L'atelier était un vaste logement dont les fenêtres prenaient jour sur le lac Majeur. Madame Luna fit visiter à M. Faustini chacune des pièces, sur les murs desquelles étaient accrochées des huiles de grande dimension. *Visage de feu*. Tel était le nom qu'elle avait donné à un tableau d'un rouge intense qu'elle avait peint, selon ses propres mots, en écho à la *Nuit transfigurée* de Schönberg. Il jouxtait un labyrinthe de couleurs aux tonalités sombres portant pour titre *Brahms, Quatre chants sérieux*. Avec une gravité recueillie, Luna conduisit M. Faustini devant un tableau où il ne distingua guère autre chose que des spirales bariolées se confondant les unes dans les autres. Voici mon dernier *Lohengrin* en date, dit Madame Luna. C'est le seul dont je sois vraiment satisfaite, ajouta-t-elle, regardant M. Faustini en étrécissant les yeux. Elle leva le bras, interposant devant son visage un grand voile orange.

M. Faustini, avec lenteur, recula de quelques pas. C'était comme au départ d'un train : il n'aurait pas su dire exactement si c'était lui qui bougeait, ou si ce n'était pas bien plutôt la pièce qui avançait peu à peu vers lui. Il fut si simple de se laisser tomber à la renverse. Déjà Luna le chevauchait. Elle exhalait une odeur de musc et dardait sur lui ses yeux de chasseresse. Elle ouvrit la chemise de M. Faustini en lui susurrant *Toi, toi, toi* à chaque bouton. Sa langue était partout à la fois. Lorsqu'elle se mit à lui suçoter le lobe de l'oreille, il se retint de ne pas éclater de rire. D'une main invisible et agile, elle déboutonna son pantalon. Elle se permit à cet endroit mille libertés, comme si c'était là depuis toujours son droit légitime. Elle encapuchonna son membre de ses lèvres, l'aspira si goulûment qu'on aurait juré qu'elle venait de découvrir enfin une fontaine de jouvence. M. Faustini, pendant ce temps, s'évertuait à suivre du regard les spirales de couleurs du dernier *Lohengrin* en date, mais il ne cessait de se perdre dans le vague. Le voici qui cheminait dans les bois, complètement hagard, errant au travers d'épais taillis. Les jambes de son pantalon étaient couvertes de mousse, il attrapait à pleines poignées des touffes d'herbe humides. On n'en entrevoyait pas la fin, mais quoi d'étonnant à cela, puisque aussi bien il n'y avait pas eu non plus de début. Au bout d'un moment, Luna s'affaissa lourdement sur lui, hors d'haleine. M. Faustini fut frappé de constater que les pieds du lit étaient en bois massif et précieux, et non en bois collé, comme chez lui, au pays.

20

Le défunt mari de Luna, déclara la sœur de M. Faustini une fois qu'ils se furent installés devant une coupe glacée, sur une terrasse bordant le lac, occupait un poste important au sein d'une grande banque. Ils n'ont malheureusement jamais pu avoir d'enfants. Luna n'a pas eu une existence facile. La peinture lui est en ce sens une précieuse béquille. Mais elle a des amis, pour ça oui, on se presse autour d'elle ! C'est une femme très attirante, ne trouves-tu pas ?

M. Faustini acquiesça poliment.

Elle est riche de tant de dons ! Il faut absolument que tu apprennes à la connaître plus étroitement. C'est une femme de goût. En outre elle a un talent de cartomancienne. Il m'arrive de penser qu'elle est réellement capable de voir l'avenir. Jusqu'ici, en tout cas, tout ce qu'elle m'avait prédit est bel et bien arrivé.

Et que t'avait-elle donc prédit ? s'enquit M. Faustini.

Sa sœur afficha un sourire entendu et poursuivit : Et elle jouit d'une belle fortune. À nos âges, ce sont des choses dont on peut parler sans fard. On n'a que trop tendance à dénigrer l'argent. Les jeunes gens, par-dessus tout, s'imaginent qu'ils peuvent se permettre de le mépriser. Simples vétilles, n'est-ce pas, aussi longtemps que les parents paient ! Non, il n'y a pas la moindre honte à respecter l'argent, ni à savoir en apprécier les bienfaits. J'estime pour ma part que tu pourrais te permettre de penser davantage à toi, observa-t-elle. Ainsi, tiens, il me semble que tu devrais mettre au rancart ton vieux veston. Luna partage d'ailleurs mon avis.

M. Faustini considéra d'un œil critique son veston et reprit une cuillerée de crème glacée.

Un homme comme toi devrait songer à ses vieux jours, jugea sa sœur. Après tout, tu ne rajeunis pas. Et Luna n'est-elle pas une femme merveilleuse ?

D'un coup d'œil, elle parut encore le jauger. M. Faustini s'efforça d'offrir le moins de prise possible à ce regard.

Elle n'a en somme que des qualités. J'ai beau me creuser l'esprit, je ne lui vois pas le moindre défaut. Et toi, lui en trouves-tu ? M. Faustini secoua sèchement la tête, catégorique.

Là, qu'est-ce que je te disais, souffla la sœur de M. Faustini d'une voix soulagée. Pas le plus petit défaut. Où diable pourrais-tu trouver aujourd'hui une femme de sa trempe ? Songe un peu qu'avec elle tu sortirais enfin de ta tanière. Bayreuth ! Monte Carlo ! Genève ! À chaque printemps direction San Remo pour la Parade des fleurs ! Elle est d'une nature si généreuse. Et c'est un amour ! La crème des femmes.

Au loin, sur le lac, un bateau d'excursion vint à passer. M. Faustini distingua sur le pont la silhouette d'une femme vêtue d'une robe rouge-rose qui offrait son visage à la caresse du vent, comme il avait déjà vu Madame Luna le faire. À cet instant précis, il sut qu'il était temps de rentrer chez lui. Après tout, il est assigné à chacun de nous une place qu'il lui faut occuper, pensa-t-il à part soi. Le chat se préoccupe-t-il de savoir pourquoi il vit là où il vit ? Mme Gigele se demande-t-elle si l'herbe est plus verte ailleurs ? Et les deux plantes en pot – il était à espérer que Mme Gigele n'eût pas omis de les arroser –, leur avait-on seulement demandé leur avis ?

21

Ainsi, la sœur de M. Faustini estimait que son vieux veston avait fait son temps. Il lui avait pourtant rendu pendant des années les meilleurs offices. Et ce n'était pas seulement cela : M. Faustini avait fini par ne plus faire qu'un avec son veston. Dans les premiers temps, il ne l'avait porté il est vrai que parce que tout le monde en usait ainsi. Mais il n'avait pas tardé à comprendre que son vêtement lui était une protection, un abri où se mettre à couvert. Il pouvait s'y dissimuler tout entier, sans qu'il y parût. Son veston était sa demeure, son repaire. Sa carapace, sa livrée de paon. M. Faustini était brûlant. Il constata qu'il suait à grosses gouttes. Il délibérait âprement en lui-même pour savoir s'il allait ou non se défaire de ce vêtement cher à son cœur et qui lui avait été une seconde habitation. Devait-il accepter sans protester l'idée que son veston et lui allaient emprunter à compter de ce jour des chemins séparés ? L'heure n'était-elle pas venue de se conduire en homme, et d'établir la preuve de la supériorité éclatante de sa veste ? Mais, à mieux y réfléchir, Maria ne lui avait-elle pas appris que tous les biens en notre possession ne le sont que pour une courte durée ? Ne lui avait-elle pas enseigné la plus importante de toutes les leçons, celle qui veut qu'il nous faille apprendre à nous détacher des choses ? Et où mettre en pratique ce rude principe, sinon ici, sous cette lumière autre qui dessinait les contours des objets avec infiniment plus de douceur ? M. Faustini examina son veston, qui sous ce jour nouveau offrait en effet un aspect assez miteux. Mais n'étaient-ce pas plutôt le changement d'environnement, la fréquentation d'une société nouvelle, qui altéraient son regard ?

La sœur de M. Faustini lui annonça que sa fille Iris se ferait une joie de seconder son oncle dans ses achats de vêtements. Le visage de M. Faustini s'illumina aussitôt. Sa sœur le connaissait décidément bien. Iris parut devant eux, les traits rayonnants. On y va ? demanda-t-elle à son oncle, lequel acquiesça avec gratitude.

M. Faustini écuma les rues de la zone piétonne au bras d'Iris. Ils s'arrêtèrent devant les vitrines de plusieurs boutiques de confection pour hommes. Un complet en tweed accrocha alors le regard de M. Faustini. Iris eut un hochement de tête approbateur. Lors de l'essayage, il lui suffit d'enfiler le veston pour se sentir un tout autre homme. C'était comme si le complet lui redressait naturellement l'échine. M. Faustini, l'air important et la démarche fière, fit quelques pas dans la boutique avant de se camper devant la glace en pied où il apprécia sa silhouette d'un œil serein. Se pouvait-il qu'un simple costume recelât tant de vertus ? Avait-il donc le pouvoir de faire de M. Faustini un homme nouveau ? Iris, affichant son plus beau sourire, opinait de la tête. M. Faustini insista pour garder le complet sur lui. Il y avait d'ailleurs gros à parier qu'il ne pourrait plus rien porter d'autre à l'avenir. Le vendeur s'apprêta à emballer dans un sac son vieux veston, le saisissant avec la pointe des doigts. M. Faustini arrêta son geste : il était impensable qu'il emportât cette relique du passé dans la vie nouvelle qu'il entendait mener grâce au complet en tweed. Il laissa au vendeur en prêt-à-porter un pourboire royal, ce qui était peut-être une maladresse de sa part, car après tout cette boutique jouissant d'une renommée solide et ancienne n'était pas un stand de fripier. Mais le complet neuf réveillait en lui des forces insoupçonnées.

M. Faustini demanda à Iris s'il lui plairait d'aller manger une glace quelque part. Elle accepta l'invitation avec un sourire. Il s'agissait de célébrer dignement l'achat du complet en tweed. Je dois te faire un aveu, souffla M. Faustini à sa nièce. Sans toi, je n'aurais jamais fait l'acquisition de ce costume. Iris se gratifia d'une coupe glacée d'un format plus que généreux. M. Faustini, laissant remonter en lui le souvenir de temps très anciens, opta pour une Dame blanche, et passa sa commande avec la ferveur passionnée d'un chasseur de papillons qui vient de capturer la dernière pièce exotique manquant encore à sa collection. Iris contrefit avec malice la mine gourmande que son oncle avait affichée au moment de la commande. M. Faustini l'observait. Il remarqua qu'il n'avait plus été aussi heureux depuis très longtemps. Il avait la sensation d'être un réceptacle où s'épanchait une inépuisable source de gratitude et d'émotion. Afin de ne rien laisser paraître à Iris des sentiments qui l'agitaient, il se rendit aux commodités. Dans le miroir des toilettes, M. Faustini, vêtu de son complet-veston en tweed, avait encore en tout point l'allure d'un homme nouveau. Et c'est à cet homme nouveau qu'il adressa un clin d'œil un rien espiègle.

Iris devait filer à son cours de yoga. M. Faustini l'accompagna jusqu'à la porte du bâtiment. Elle prit congé de lui par un baiser sur la joue et s'éloigna à pas pressés. M. Faustini s'arrêta dans un kiosque pour y acheter une rose d'un jaune ocre et se rendit à l'atelier de Luna. À peine celle-ci lui eut-elle ouvert la porte qu'elle se jeta à son cou. M. Faustini fit apparaître la rose comme par enchantement, ce qui lui valut de récolter un second petit baiser. Luna ne se tenait plus de joie. M. Faustini, avant même qu'il ait pu placer un mot, se retrouva assis à la table de l'artiste, devant une tasse de café. Luna se répandit en éloges au sujet du nouveau complet-veston. Dans cet appareil, M. Faustini laissait en effet transparaître enfin sa nature la plus profonde. Celle d'un homme élégant jusqu'au bout des ongles ! Au reste, elle avait décelé en lui dès le premier instant ces réserves de raffinement. Le complet en tweed contribuait à les mettre pleinement en valeur. Elle le félicita du goût très sûr dont il avait fait preuve. Il la remercia du compliment, avec un grêle filet de voix dont le timbre lui parut forcé. Madame Luna lui demanda s'il ne se sentait pas bien. Mais si, lui assura-t-il, tout allait pour le mieux. Simplement, il était venu lui faire ses adieux. Il lui fallait s'en retourner chez lui. Il avait laissé au pays quelques affaires en suspens, et l'on devait déjà se faire du mauvais sang à son sujet.

Mais qui diable pourrait se faire du mauvais sang ? lui demanda Madame Luna d'un ton un peu piqué. Moi qui croyais que personne ne vous attendait, hormis votre chat ?

M. Faustini tordit la bouche. Ses lèvres elles aussi venaient de faire sécession, il ne leur commandait plus. Elles auraient dû ébaucher un sourire. Ma foi, dit-il, je dois reconnaître que j'ai passé ici de très bons moments. Et c'est bien volontiers que je reviendrai vous voir. Un jour ou l'autre.

Dans les yeux de Luna, où rayonnait il y avait un instant encore la clarté la plus vive, des nuages étaient apparus. Cependant que M. Faustini se levait déjà de son siège, elle se rendit dans la cuisine, en revint munie d'un mouchoir. Il lui tendit la main. Elle le prit dans ses bras, l'étreignit avec force. Comme il se retournait une dernière fois, sur le seuil de la porte, il vit une larme rouler le long de sa joue, traçant une ligne épaisse sur son maquillage.

22

Faut-il vraiment que tu partes ? lui demanda sa sœur, sur le parvis de la gare routière. Allons, mon oncle, reste encore un peu, l'entreprit Iris en esquissant une moue boudeuse tout à fait charmante. M. Faustini les embrassa toutes les deux. S'il ne s'en allait pas tout de suite, il n'en aurait plus jamais le courage. Il leur fit la promesse qu'il reviendrait. Très bientôt. À travers la vitre de l'autocar, la petite place qu'il s'apprêtait à quitter lui parut d'une beauté si déchirante qu'il se crut au cinéma, plongé dans l'obscurité au milieu de spectateurs qui déjà sortaient leurs mouchoirs. Mais comme à son habitude il n'en avait pas sur lui.

23

L'été amorçait son déclin. Une clarté d'automne faisait ressortir une dernière fois la grande lumière qui sourdait de l'intérieur des choses, avant que les brouillards automnaux n'en étouffent peu à peu l'éclat. M. Faustini avait manqué les journées de transition. Elles s'inscrivaient dans l'intervalle de temps où il avait été absent. Il n'était parti que pour une courte durée, mais ses repères n'en étaient pas moins brouillés. Il lui était difficile de reprendre pied sur un sol qui lui était devenu entre-temps une terre étrangère, ou peu s'en fallait. Le chat lui-même paraissait ne le reconnaître qu'à peine. Il ne venait plus à lui, le soir, pour réclamer qu'il lui gratte le ventre.

Mme Gigele avait donné à la bête sa pitance, elle avait pris soin des plantes, déposé le courrier sur la table de la cuisine, poussé l'obligeance jusqu'à faire un brin de rangement. C'est du moins ce qu'il avait semblé à M. Faustini. Jamais la maison ne lui avait laissé une aussi profonde impression de vide et de froideur. On l'eût dite inhabitée. Plus aucun rire ne résonnait au détour de ses pièces ; pas la plus petite chaleur humaine dans les plis des rideaux. Le fauteuil à oreilles faisait figure de vestige du passé. Voilà cent ans que plus personne ne s'y était assis. L'été s'achevait à peine, et cependant c'était comme si la température avait chuté de plusieurs degrés dans chacune des pièces. Comme si l'hiver avait envoyé ses frimas en éclaireurs pour qu'ils établissent leurs quartiers dans la maison de M. Faustini. Il n'aurait pas été autrement étonné de voir des stalactites se former sous l'assise du fauteuil à oreilles.

Au petit matin, le chat rôdait autour de la maison, miaulant comme s'il allait périr de faim. M. Faustini, un sourire aux lèvres, lui avança sa gamelle. Le matou leva la tête vers lui en clignant des yeux, puis se frotta contre ses jambes en ronronnant. Le lien était renoué.

M. Faustini foulait de nouveau le sol d'un territoire qui lui était familier. Mais, pour la première fois, il s'avisait que la terre en était rude, le ciel, au-dessus des prés, pesant et sans lumière, il ne déployait pas sa toile au sein d'un espace toujours plus vaste, comme là-bas, au sud, à Ascona. Et il remarquait combien son univers était petit, non, c'était bien pis encore, il était pauvre et étriqué. Il regagna sa maison. La prairie qui la devançait se nimbait d'un singulier halo. Mais n'étaient-ce pas bien plutôt les vieilles vitres de la bicoque qui réfractaient la lumière si étrangement ?

M. Faustini alla s'asseoir sur le perron de sa maison, à dessein, afin de donner à son nouveau voisin l'occasion de lui rendre une petite visite. Mais il demeurait invisible. Et ne parut pas davantage à ses yeux dans les jours qui suivirent. Avait-il remis d'aplomb, jusqu'au dernier, tous les volets bancals des environs ? Avait-il dès lors repris sa route, allant offrir ses services à qui les solliciterait ?

Chaque matin, les brumes s'attardaient un peu plus longtemps dans les prés voisins. Le silence de l'automne s'était installé autour de la maison. Un épais tapis de feuilles mortes reposait déjà au pied du pommier. Le matou se frottait contre ses jambes avec une affection retrouvée. La plupart du temps, M. Faustini quittait la maison de très bon matin. C'était comme si un instinct le poussait à tirer le meilleur profit de ses journées. Les pluies sans fin de l'automne s'annonceraient bientôt, et les premières neiges elles-mêmes ne tarderaient plus à tomber. Il éprouvait le désir dévorant d'explorer chaque arpent de ce paysage qui était le sien, d'en absorber en lui les images, avant que les brouillards glacés n'en fissent pâlir l'éclat. Il voulait jouir du silence paisible de ces heures vacantes, avant qu'il ne s'abolît dans les profondeurs du sol. Voilà un long moment déjà que le Temps sans maître ne s'était plus manifesté à M. Faustini. Il savait qu'il allait lui falloir s'acheminer vers lui.

24

Une fois de plus, voilà qu'un dimanche se mettait en travers de son chemin. Que faire pour se débarrasser de cette masse épaisse et poisseuse où se figeait le mouvement même de la vie? Là-bas, derrière les montagnes, M. Faustini croyait entrevoir la promesse étincelante d'un horizon plus vaste. Mais nul n'avait le pouvoir de se dérober aux dimanches, et l'engourdissante torpeur qu'ils diffusaient ne respectait pas les frontières des pays. Soudain, des images étranges s'imposèrent à sa vue. Dans des venelles étroites, des marchands ambulants vendaient aux passants des poulets liés par les pattes. Les bas morceaux d'on ne savait quelles bêtes inconnues macéraient dans de l'eau vinaigrée. Dans ce foisonnement de regards, ce grouillement de voix, au milieu de ces chiens errants qui se faufilaient lestement entre vos jambes, les dimanches n'existaient pas. M. Faustini, frappé d'étonnement, cheminait au gré des ruelles de ce pays qui lui était parfaitement inconnu. Jamais il ne lui avait été donné de voir la pauvreté s'étaler aussi nûment qu'au milieu de ces gens simples qui emportaient sur leur dos leurs maigres possessions, et tenaient par la main quelque enfant dont les grands yeux s'ingéniaient à sonder le mystère du monde. La langue de ces êtres résonnait comme les accents d'une musique aux oreilles de M. Faustini, et ruisselait le long de son corps en un caressant filet sonore. Incidemment, il se passa la main sur la joue, et remarqua que l'air humide de ce pays lointain avait sur sa peau la douceur du velours. Ses yeux, dans cette lumière nouvelle, étaient grands ouverts, et voyaient se détacher sur l'horizon étincelant la ramure finement délinéée d'un arbre inconnu. Si étrange que pût lui paraître cette terre lointaine avec les habitants qui la peuplaient, il était frappé de constater qu'elle ne se distinguait de son petit univers que par des différences marginales. Toute terre inconnue n'impliquait-elle pas pourtant une lumière plus concentrée, des senteurs nouvelles, des voix tintant à votre oreille comme un carillon aux notes feutrées ? M. Faustini, parmi cette foule de gens, vit apparaître sous les yeux de son esprit un homme vêtu d'un élégant complet croisé aux plis impeccables. Ses souliers avaient été lustrés avec le plus grand soin. Il faisait tournoyer dans sa main une canne à pommeau en ivoire, et cheminait d'un bon pas dans les ruelles du marché, avec un regard qui ne s'attachait pas davantage aux lointains qu'aux plus proches environs. Cet homme au visage impassible figurait au milieu des passants une manière d'îlot. C'était le Prince noir. Parmi les estivants vêtus de tenues aux tons acides, il s'avançait dans sa veste croisée, brandissant son bâton de marche au pommeau en ivoire. Il s'entourait d'un singulier silence qui le maintenait à distance. Des regards timides s'attachaient à ses pas, mais nul ne lui adressait la parole. Voilà des années peut-être que le Prince noir arpentait de la même allure souveraine les berges du lac, le regard immuablement perdu dans le vague. Mais à présent c'était sous une autre lumière, celle d'une terre étrangère, qu'il s'en allait, en affichant toutefois la même sérénité, le même détachement vis-à-vis du reste du monde que ce jour où, sur les bords du lac, M. Faustini l'avait accosté pour lui demander comment il se portait. Sous la lumière insolite, d'un jaune rouge, où il le voyait cheminer à présent, M. Faustini rassembla une fois encore son courage et adressa au Prince noir un sourire chaleureux. Bonjour, votre Altesse, lança-t-il. Je vois que vous n'avez pas changé. J'espère de tout cœur que vous vous portez au mieux. Le Prince acquiesça aimablement. Je me porte très bien, dit-il. Rien n'est plus merveilleux que de vivre parmi les gens d'ici. Est-il vrai, votre Altesse, demanda M. Faustini, que vous êtes un Prince originaire de la Côte d'Ivoire ? Ma famille vit à Abidjan, répliqua le Prince. Oui, je suis issu d'une longue lignée de chefs de tribu. Voilà bien longtemps que je n'ai pas revu les miens. Cela remonte à près de dix ans. J'aurai passé la majeure partie de ce temps à Bregenz, pension Weidach. Bregenz est une ville plaisante. Si seulement les hivers n'y étaient pas aussi longs. Je n'aurai jamais pu me faire aux hivers de là-bas. Tandis que je grelotte de froid, chez nous les bananes poussent à foison. C'est chez un tailleur de Vienne que je me suis fait faire mon premier manteau. Mais le froid est si vif qu'il en transperce l'épaisseur. C'est pour cela que je ne m'aventure guère dehors pendant l'hiver. Ce qui me manque le plus, c'est le spectacle de la mer. Elle est à mes yeux synonyme de liberté, même si je ne suis pas un navigateur, et n'en connais les beautés que depuis la côte. De toutes les villes de la région, Bregenz est la seule où le regard s'ouvre vers le large. La vue du lac m'est une bouffée d'oxygène. Mais enfin, bien sûr, ce n'est pas l'océan. J'aurai beau contempler le lac jusqu'à m'en user la prunelle des yeux, je n'y verrai jamais moutonner les flots marins. Dans ma chambre, à la pension Weidach, j'aurai passé de nombreux mois à regarder fixement le plafond. Vous n'imaginez pas toutes les idées qui peuvent vous traverser alors l'esprit. Mais il ne faut pas laisser s'étioler vos forces vives. Quand l'énergie m'abandonne, ma peau devient aussi fine et fragile que celle d'une banane qui ne pousse pas bien. Je me mets alors en contact avec le doyen de notre village. Je lui fais le récit de mon existence à Bregenz et lui confie mes peines. Il m'écoute, bien qu'il ne soit plus de ce monde depuis longtemps. Il me prête une oreille attentive et me redonne des forces. Je sens celles-ci me revenir, une à une. J'ai devant moi les miens au grand complet, à Abidjan, où il ne m'est plus possible de retourner. Mais le lien n'est jamais rompu. Je suis le seul membre de la famille qui vive à l'étranger. Je suis pareil à un fruit tombé de l'arbre.

Que puis-je faire pour vous aider à retrouver votre place sur la branche? demanda M. Faustini au Prince noir, le questionnant par la pensée.

Qu'importe si je me trouve à Bregenz, planté à un arrêt d'autobus, dans le froid glacial et les courants d'air, répliqua le Prince, je suis tout de même auprès des miens. La Terre est une grande maison abritant bien des pièces. Mais toutes ces pièces s'unissent pour ne former qu'une seule maison. Aussi la solitude n'existe-t-elle pas, pour celui qui garde à l'esprit qu'il est à chaque instant en relation avec son prochain et avec le reste du monde. Il est indifférent que je me trouve à Bregenz, dans ma chambre de la pension Weidach, étendu sur mon lit, les yeux rivés au plafond. En vérité, je suis auprès de ma famille, à Abidjan. Vos hommes sages n'assurent-ils pas que la Terre tourne? Je n'en ressens certes rien dans ma chair, mais je peux bien m'imaginer qu'elle tourne en effet. Et si elle tourne, cela signifie que tous les lieux de la Terre sont équidistants. À chaque instant qui passe, la Terre fait retour sur elle-même. L'étendue du globe terrestre n'est donc qu'une illusion. Les distances n'existent pas. La pension Weidach est un lieu idéal pour méditer sur tout cela. Je n'ai en réalité jamais quitté les miens. Même si certains d'entre eux sont morts, je suis encore parmi eux. Je vois se déployer sous mes yeux une toile tissée de fils de lumière, et je suis pris dans cette toile, au même titre que les membres de mon clan. Le fil qui nous unit n'est jamais rompu, vous comprenez? Il est impossible que le lien se déchire. Bregenz, Abidjan, à la vérité c'est tout un. Parvenez-vous à vous la représenter, cette toile?

M. Faustini voyait la toile. Elle n'était pas semblable à ces fins maillages que tissent les araignées. C'était un réseau de fils étincelants, une résille de pure lumière. Chaque fil conduisait à une personne que M. Faustini voyait rayonner dans une lumière qui lui était propre. Pris dans cette trame, les êtres qu'il voyait n'étaient plus isolés. Et il ne se contentait d'ailleurs pas de les voir: ils faisaient cercle autour de lui, ils étaient en lui.

Il décida d'aller rendre visite au Prince noir, séance tenante, pour le conjurer de l'emmener à la mer. Il voulait voir briller les flots dans les yeux du Prince. Et il tenait à voir la mer de ses propres yeux, lui qui n'était encore jamais allé au bord de l'océan. Il était grand temps de réparer cet oubli.

C'est d'une foulée véloce que M. Faustini gagna les faubourgs de la ville, où se trouvait la pension Weidach. Est-ce bien chez vous que vit un élégant monsieur noir? demanda-t-il à la patronne. De quel monsieur parlez-vous? répliqua celle-ci avec humeur. Je cherche un monsieur originaire de la Côte d'Ivoire. Il a pris pension chez vous, dit M. Faustini. Ah, celui-là…, souffla la femme. Oui, il habite bien ici. Elle jeta à M. Faustini un regard inquisiteur et pénétrant. C'était à croire que le Prince noir, tout au long de ces nombreuses années, n'avait encore jamais reçu la visite de personne. Voulez-vous que je l'appelle ? demanda la patronne. Ce ne sera pas nécessaire, répliqua M. Faustini. Chambre 1, au premier étage, dit la femme. M. Faustini, franchissant une épaisse muraille de fumée de cigarette froide, gravit les marches de l'escalier. La patronne de la pension, se contorsionnant le cou, le suivit du regard jusqu'au moment où il eut atteint le palier. M. Faustini constata que son cœur battait jusque dans sa gorge. Il resta figé sur le seuil de la chambre 1, et se fit l'effet d'être le dernier des fâcheux. Le Prince n'attacherait certainement aucun prix à sa visite. Qu'en serait-il, s'il le rembarrait tout net ? M. Faustini frappa à la porte quelques petits coups prudents. Silence. Il patienta quelques instants, puis frappa de nouveau à la porte, d'une main plus ferme cette fois. Un bruit retentit à l'intérieur. La clé tourna dans la serrure. Le Prince noir apparut dans l'encadrement de la porte, la mine fourbue. Il avait les yeux mornes et troubles comme les eaux d'un fleuve en crue.

*Qu'est-ce que vous me voulez ?** demanda le Prince.

Mon nom est Faustini, répondit M. Faustini. J'aimerais m'entretenir un instant avec vous.

M. Faustini ne voyait rien d'autre que ces yeux éteints. On aurait dit qu'ils ne recevaient pas son message.

Pardonnez-moi de vous déranger, mais il fallait que je vous parle. J'ai une proposition à vous faire.

Comment, s'étonna le Prince, une proposition ?

Vous m'avez dit que tous les lieux de la Terre étaient équidistants. Que l'étendue du globe terrestre n'était qu'une illusion, car la Terre faisait à chaque instant retour sur elle-même. Ce sont vos propres mots. Bregenz, Abidjan, c'est tout un, votre Altesse.

Abidjan, dit le Prince d'une voix murmurante. Abidjan, c'est loin. *Comment le savez-vous ?**

La mer, répondit M. Faustini. Il y a la mer, là-bas, n'est-ce pas ? Et vous l'avez vue, vous ! Vous nous arrivez tout droit des bords de l'océan, votre Altesse !

La mer, dit le Prince, elle est à des milles et des milles d'ici, la mer.

Mais puisque les distances n'existent pas ! Rien ne nous empêche de partir en voyage ! Larguons les amarres, votre Altesse, filons à la mer ! C'est ce que j'étais venu vous proposer. Allons-nous-en tous les deux au bord de la mer !

La mer, répéta le Prince d'une voix feutrée, la mer n'est plus qu'une chimère. Ses yeux d'un jaune profond absorbaient l'ultime et dérisoire clarté qui subsistait encore dans le couloir où régnait la pénombre. D'un geste lent, le Prince referma la porte.

Écoutez-moi ! s'écria M. Faustini. Vous m'avez assuré que vous étiez à tout moment en contact avec vos ancêtres. Posez-leur donc la question, je vous en conjure ! Demandez-leur si la mer existe encore !

La porte s'entrebâilla d'un rien.

Woher wissen Sie toutes ces choses-là ?

Mais c'est vous qui me les avez dites !

Moi ? *Bestimmt nix*. Certainement pas. Je n'ai rien dit du tout !

Le Prince referma la porte, la verrouilla à double tour.

M. Faustini resta figé sur le seuil, complètement abattu.

Votre Altesse, s'il vous plaît, adressez-vous au doyen de votre village. Demandez-lui si la mer existe encore ! Je vous en prie, votre Altesse !

M. Faustini ne reconnaissait plus le timbre de sa propre voix. Était-ce à cause de ce corridor lugubre, où les derniers rayons de lumière vous étaient comme confisqués ? Depuis combien de temps n'avait-il pas ressenti une fatigue aussi accablante ? Il s'assit par terre, s'adossa au mur. C'était à peine si ses yeux parvenaient à distinguer encore le papier peint d'une teinte grisâtre, de l'autre côté du couloir. Il était saisissant de voir à quelle vitesse vos forces pouvaient se tarir. Il passa et repassa la main sur le revêtement de sol râpé où il était assis. Était-ce lui, qui avait absorbé ses forces ? Mais non, c'était une banale moquette, sans mystère. Elle n'offrait rien qui pût retenir le regard. Les yeux de M. Faustini étaient fatigués, voilà tout. C'est alors que retentit à son oreille une rumeur lointaine, un léger grondement qui gagnait à chaque instant en netteté, et il eut tout à coup devant lui la mer, dont les vagues déferlantes se ruaient avec fureur vers le rivage. Quand les flots se retirèrent, l'air résonna d'un immense roulement de galets entrechoqués, mais déjà de nouvelles lames se brisaient sur le sable. Le plein, le vide, le plein. Le vide n'était jamais que l'envers du plein, lequel n'aurait pas existé sans le vide. La mer était un muscle qui se tendait puis se relâchait. La mer, le vaste océan, ils existaient donc encore !

La clé tourna dans la serrure, la porte s'ouvrit. Les yeux jaunes du Prince s'allumaient d'un vif éclat.

Ainsi, nous irions voir la mer ? demanda le Prince. La seule, la vraie, le grand océan ?

M. Faustini, qui s'était redressé de toute sa hauteur, lui répondit : Mais oui, votre Altesse, nous irons voir la mer. La vraie.

Dès demain ? l'interrogea le Prince.

Demain, c'est trop tôt, dit M. Faustini. Mais après-demain, oui.

25

Pendant des heures et des heures, le train fila à travers l'étendue des campagnes. M. Faustini contemplait le monde qui déroulait devant lui ses perspectives sans cesse renouvelées. Tous les lieux de la Terre sont équidistants, se répétait-il en lui-même. Dès lors, aucun voyage n'est impossible.

Aucun voyage n'est impossible, martelait M. Faustini.

Aucun voyage n'est impossible, renchérissait le Prince. Au-dessus du complet croisé violet, des yeux radieux éclairaient son visage. M. Faustini, assis auprès de lui, arborait quant à lui son nouveau complet en tweed, et paraissait dans toute sa gloire.

À l'horizon, on vit se détacher un petit groupe de personnes. L'air scintillait autour d'elles, comme la chaleur vibre au-dessus des routes de campagne. Leurs silhouettes étaient estompées, leurs corps semblaient se confondre. En tête du cortège marchait un gaillard portant sur ses épaules un ballot de toile rouge-rose. C'était le parachutiste. À son côté cheminait, poussant une bicyclette, un homme coiffé d'un casque de cycliste. Les deux étaient absorbés par une conversation. Derrière eux, voici que s'avançait Madame Helga, qui devisait avec la voisine de M. Faustini. Elles étaient suivies de près par Madame Nussbaumer, laquelle hocha la tête à l'instant où la femme à qui M. Faustini avait fait l'aumône de deux euros, sur la promenade bordant le lac, embrassa les environs d'un large geste du bras. Dans leur sillage, l'homme en treillis militaire allait d'un pas nonchalant et faisait la conversation à Maria, la femme de ménage de M. Faustini. M. Ospelt faisait faire sa promenade à son teckel. L'homme au pull-over à col roulé noir menait une discussion animée avec l'artiste américain. Au bras de la sœur de M. Faustini marchait Iris, dont les yeux chaleureux répandaient autour d'elle une lumière d'un singulier éclat. À leur suite, Madame Luna, le maintien roide, portait sa robe ornée de fleurs immenses. La nageuse émérite, vêtue de son caleçon d'homme, la talonnait d'une foulée virile. Nicole, du salon de coiffure *Septième ciel*, laissait flotter sur ses lèvres un sourire d'une grâce supraterrestre. Judith Robatscher lui faisait un brin de conduite, accrochée à son bras. La femme qui, au Musée des beaux-arts, avait adressé à M. Faustini un sourire engageant, faisait signe à quelque inconnu, les yeux tournés vers le lointain. L'éleveur de chiens venu de Pologne lui emboîtait le pas, tenant dans ses bras Robin Hood, qui flairait d'une truffe circonspecte la manche de pull-over du nouveau voisin de M. Faustini, passé maître dans l'art de remettre d'aplomb les volets bancals. Fermaient la marche, en rangs serrés, les excursionnistes originaires de Souabe, parmi lesquels le père et son fils, lunettes de soleil sur le nez, racontaient au conducteur de l'autocar l'histoire de la boîte manquante dans la maison de Mme Isele. Le fantôme du chat se frottait en ronronnant contre les jambes de M. Faustini.

Dans la même collection

Ilse Aichinger

Un plus grand espoir
Traduit de l'allemand (Autriche) par Uta Müller et Denis Denjean

Eliza Eliza
Traduit de l'allemand (Autriche) par Jean-François Boutout, Sylvaine Faure-Godbert, Uta Müller et Denis Denjean, Henri Plard

Leopold Andrian

Le Jardin de la connaissance
Traduit de l'allemand (Autriche) par Jean-Yves Masson

Rudolf Borchardt

Déshonneur
Traduit de l'allemand par Pierre-François Kaempf

Paul Celan

Entretien dans la montagne
Traduction de l'allemand par Stéphane Mosès, suivi de « Quand le langage se fait voix », par Stéphane Mosès

Alfred Döblin

Ætheria
Traduit de l'allemand par Marianne Charrière

Franz Michael Felder

Scènes de ma vie
Traduit de l'allemand (Autriche) par Olivier Le Lay. Préface de Peter Handke

Peter Handke

À ma fenêtre le matin
Carnets du rocher, 1982-1987
Traduit de l'allemand (Autriche) par Olivier Le Lay

Hier en chemin
Carnets, novembre 1987-juillet 1990
Traduit de l'allemand (Autriche) par Olivier Le Lay

Wolfgang Hermann

Adieu sans fin
Traduit de l'allemand (Autriche) par Olivier Le Lay

Wolfgang Hildesheimer

Masante
Traduit de l'allemand par Uta Müller et Denis Denjean

Hugo von Hofmannsthal

La Femme sans ombre
Traduit de l'allemand (Autriche) par Jean-Yves Masson

L'Homme difficile
Traduit de l'allemand (Autriche) par Jean-Yves Masson

Thomas Hürlimann

Quarante roses
Traduit de l'allemand (Suisse) par Fedora Wesseler

Elfriede Jelinek

Restoroute – Animaux
Traduit de l'allemand (Autriche) par Patrick Démerin et Dieter Hornig

Thomas Jonigk

Jupiter
Traduit de l'allemand par Georges-Arthur Goldschmidt

Quarante jours
Traduit de l'allemand par Bernard Banoun

Gert Jonke

L'École du virtuose
Traduit de l'allemand (Autriche) par Uta Müller et Denis Denjean

La Guerre du sommeil
Traduit de l'allemand (Autriche) par Uta Müller et Denis Denjean

La Tête de George Frédéric Haendel
Traduit de l'allemand (Autriche) par Uta Müller et Denis Denjean

La Mort d'Anton Webern
Traduit de l'allemand (Autriche) par Uta Müller et Denis Denjean

Reinhard Kaiser-Mühlecker

Lilas rouge
Traduit de l'allemand (Autriche) par Olivier Le Lay

Alfred Kolleritsch

Allemann
Traduit de l'allemand (Autriche)
par Claude Proriol

Robert Menasse

La Pitoyable Histoire de Leo Singer
Traduit de l'allemand (Autriche)
par Christine Lecerf

Machine arrière
Traduit de l'allemand (Autriche)
par Christine Lecerf

Chassés de l'enfer
Traduit de l'allemand (Autriche) par
Marianne Rocher-Jacquin et Daniel Rocher

Don Juan de la Manche
L'éducation au désir
Traduit de l'allemand (Autriche)
par Barbara Fontaine

La Capitale
Traduit de l'allemand (Autriche)
par Olivier Mannoni

Rainer Maria Rilke

Lettres à Yvonne von Wattenwyl
Texte établi par Hugo Sarbach. Traduit
de l'allemand par Yvonne Gmür

Poèmes à la nuit
Édition bilingue. Traduit de l'allemand
par Gabrielle Althen et Jean-Yves Masson

Luise Rinser

Miryam
Traduit de l'allemand par Jean-Yves Masson

Leopold von Sacher-Masoch

L'Amour de Platon
Traduit de l'allemand par
Jean-François Boutout

Nelly Sachs

Éclipse d'étoile
précédé de *Dans les demeures de la mort*
Traduit de l'allemand par Mireille Gansel

Exode et Métamorphose
Traduit de l'allemand par Mireille Gansel

Partage-toi, nuit
Traduit de l'allemand par Mireille Gansel

Lutz Seiler

Le Poids du temps
Traduit de l'allemand par Uta Müller
et Denis Denjean

Kruso
Traduit de l'allemand par Uta Müller
et Bernard Banoun

Yoko Tawada

Narrateurs sans âmes
Traduit de l'allemand (Japon)
par Bernard Banoun

Opium pour Ovide
Notes de chevet sur vingt-deux femmes
Traduit de l'allemand (Japon)
par Bernard Banoun

L'Œil nu
Traduit de l'allemand (Japon)
par Bernard Banoun

Train de nuit avec suspects
Traduit du japonais par Ryoko Sekiguchi
et Bernard Banoun

Le Voyage à Bordeaux
Traduit de l'allemand (Japon)
par Bernard Banoun

Journal des jours tremblants
Après Fukushima, précédé de
Trois leçons de poétique
Traduit de l'allemand par Bernard Banoun et
du japonais par Cécile Sakai

Histoire de Knut
Traduit de l'allemand (Japon)
par Bernard Banoun

Josef Winkler

Le Serf
Traduit de l'allemand (Autriche)
par Éric Dortu

Cimetière des oranges amères
Traduit de l'allemand (Autriche)
par Éric Dortu

Quand l'heure viendra
Traduit de l'allemand (Autriche)
par Bernard Banoun

Natura morta
Traduit de l'allemand (Autriche)
par Bernard Banoun

Sur la rive du Gange
Traduit de l'allemand (Autriche)
par Éric Dortu

Langue maternelle
Traduit de l'allemand (Autriche)
par Bernard Banoun

Requiem pour un père
Traduit de l'allemand (Autriche)
par Bernard Banoun

Mère et le crayon
Traduit de l'allemand (Autriche)
par Olivier Le Lay

Le Livret du pupille Jean Genet
Traduit de l'allemand (Autriche)
par Bernard Banoun

Verdier/poche

Hugo von Hofmannsthal

Le Lien d'ombre
Édition bilingue. Traduit de l'allemand (Autriche) par Jean-Yves Masson

Jedermann
Traduit de l'allemand (Autriche) par Daniel Hurstel

Rainer Maria Rilke

Chant éloigné
Édition bilingue. Traduit de l'allemand par Jean-Yves Masson

Requiem
Édition bilingue. Traduit de l'allemand par Jean-Yves Masson

Annemarie Schwarzenbach

Nouvelle lyrique
Traduit de l'allemand par Emmanuelle Cotté

•

Jean-Yves Masson

Hofmannsthal, renoncement et métamorphose

Cet ouvrage a été achevé d'imprimer en mai 2021
dans les ateliers de Normandie Roto Impression s.a.s.
61250 Lonrai
N° d'imprimeur : 2102459
Dépôt légal : août 2021

Imprimé en France